神谷勝広
早川由美　編

# 馬琴の自作批評
## ―石水博物館蔵『著作堂旧作略自評摘要』―

汲古書院

# 口上

安田文吉

〽伊勢は津で持つ　津は伊勢で持つ

とは、江戸時代から知られた「伊勢音頭」だが、この歌を地でいったのが所謂伊勢商人だ。川喜田家は津の、長井家は松坂の大店で、江戸に出店を持ち、活発な経済活動を行った。両家とも代々文化活動に熱心で、江戸時代の、文人・画家・作家・能狂言師・歌舞伎役者との交わりには目を見張るものがある。馬琴もその一人。と言っても馬琴と川喜田家と直接繋がっているわけでもなく、同じ伊勢商人、松坂の小津桂窓の仲立ちによってのこと。これらの実態を知ることが出来る資料の存在が判明する切っ掛けとなったのは、「三重県史　資料編　近世5」の編集段階のことだった。

この時、石水博物館に歌舞伎関係のものが膨大にあることがわかったため、私の名古屋大学大学院の先輩故岡本勝愛知教育大学名誉教授（石水博物館評議員）を中心に、私、冨田康之北海道大学大学院教授、石川佳世石水博物館学芸員（当時）で、伊勢芝居の歌舞伎の役割番付・絵尽し（絵本番付）に限定して調査を行い資料編に掲載した。

これより数十年以前から、岡本先輩はお一人でコツコツと調査を進められ、詳細な調査カードを、楷書で丁寧に取ってこられた。カードを見ると先輩の真面目で几帳面な性格がよくわかる。これは偏に、名古屋大学大学院時代の恩師、松村博司先生の教えに因っていることは言うまでも無い。

しかしあまりにも膨大なので、県史以後、改めて科学研究費補助金を申請して調査を続行することになった。その一回目は平成九・一〇・一一年度の科学研究費補助金「石水博物館（三重県津市）所蔵の番付及び絵番付のデータベース作成（基盤研究B（1））」。ここでは、大坂版一〇七三点、京都版二九六点の調査・研究を行った。この時のメンバーは、岡本先輩を代表とし、私、安田徳子岐阜聖徳学園大学教育学部教授で、協力者が早川由美愛知大学非常勤講師（当時）であった。

其の後も、文芸資料の調査を引き続き科研のメンバーで行ってきたが、あまりにも膨大の上、分野も、浄瑠璃・能・狂言・国学・和歌・連句・物語・浮世絵・手紙類・からくり人形などと広がったため、容易に進まなかった。その上、平成一九年三月岡本勝先生が突然逝去された。岡本先生の遺志を継いで調査を進めるべく、その道の専門家をメンバーに加えて、石水調査の二回目として、平成二一・二二・二三・二四年度の科学研究費補助金「江戸時代伊勢商人の文芸活動の研究――石水博物館（三重県津市）所蔵文献資料を手がかりに（基盤研究B（1））」を受けることになった。私が代表となり歌舞伎・浄瑠璃を担当し、安田徳子（歌舞伎・中古中世文学）・山田和人同志社大学文学部教授（からくり等近世芸能）・冨田康之（浄瑠璃・歌舞伎）・神谷勝広同志社大学文学部教授（近世文学・その他古文書）・飯塚恵理人椙山女学園大学文化情報学部教授（能・狂言）・岡本聡中部大学人文学部准教授（近世韻文）・神津武雄早稲田大学高等研究所招聘研究員（浄瑠璃）の八人に、早川由美愛知淑徳大学非常勤講師、石水博物館の龍泉寺由佳氏の協力を得て、調査・整理・研究を行った。

この科研による調査の三年目の終り頃、膨大な資料の中から、神谷君が、小津桂窓の元で筆写された馬琴の自作批評『著作堂旧作略自評摘要』の写本を発見した。馬琴の原本（嫁お路代筆）は所在不明なので、この石水蔵本が唯一のもの。合わせて、多量の書簡類の中から、桂窓と川喜田家十二代夏蔭・十三代遠里・十四代石水との交流が判明、またこれらの川喜田家代々の人が、馬琴に強く関心を持っていたことも書簡と所蔵物から明らかになった。

今回の、石水博物館蔵『著作堂旧作略自評摘要』の刊行は、神谷君の丹精な調査・研究の成果であり、また、この科研費による調査の大きな成果の一つである。

この驚くべき発見、さらにはその影印と翻刻の出版は、偏に石水博物館のご好意であることを記し、深謝する次第である。また、これは故岡本勝先生のご遺志を継ぐものと信じて止まない。

口　上

# 目次

目次

# 馬琴の自作批評

――石水博物館蔵『著作堂旧作略自評摘要』――

# 解説

# 1　石水博物館と代々の川喜田久太夫

## 1―1

石水博物館は、陶芸家として名高い川喜田半泥子（十六代政令）によって昭和五年（一九三〇）に設立された財団法人石水会館を母体としている。半泥子の祖父にあたる十四代政明の雅号「石水」を記念して名付けられた会館では、美術展や音楽会などが開催されていた。その建物は戦災によって消失したが、やがて津市丸之内のビル内の財団に、昭和四十七年十七代壮太郎によって川喜田家代々の資料が寄贈され、昭和五十年に博物館となった。

平成二十二年（二〇一〇）に公益財団法人石水博物館となり、半泥子自宅のあった津市千歳山に新しい展示施設を持つ建物が建設された。所蔵品は文化に造詣の深かった川喜田家代々の旧蔵資料を中心としている。

川喜田家は伊勢津に本拠地を置いて、江戸大伝馬町に店を構え、木綿太物を扱っていた豪商であり、主人は代々久太夫を名乗った。創業は寛永年間（一六二四〜一六四四）で、家業が軌道に乗った九代久太夫の頃から、主人自ら和歌や文学を嗜むだけでなく、文人たちに対する金銭的な援助を行うなど文化的な活動を行っていた。

1—2

九代久太夫は、光盛・久太郎。号自然・爾然・玄無・味夕・千町など。京嵐山に隠居所を構え、和歌を武者小路実陰に学び、俳諧では半時庵淡々を始め、上方では山口羅人や滝瓢水、江戸の立羽不角などとも交際し、京の歌舞伎役者初代中村富十郎一座の贔屓筋でもあるなど、多彩な活動をした人物である。伴蒿蹊も『閑田次筆』に若い頃に自然から聞いた話を書き留めており、幅広い活動をし、川喜田家の文化的活動の始めとなった人物である。宝暦五年（一七五五）十一月二十七日没。享年七十一。

十代久太夫は重盈・平四郎。号は潭空・但愚・心阿・盧風など。和歌は高松重季門人であり、津俳壇の中心人物二日坊とは関連も深く、彼が始めた爾然会などにも関わっており、援助などがあったかと思われる。京の堂上歌人たちに序文などを依頼して、父爾然の家集をまとめた。寛政三年（一七九一）九月二十四日没。享年八十三。

十二代久太夫が、政式・善太郎。夏蔭と号し、本居宣長の門人である。同門で同じ津の商人であった柴田常昭の家集や彼の識語がある書籍などが所蔵されていることなどから、家業における心労で早世した常昭を物心両面で援助したのではないかと思われる。本人自身は国学研究というよりも和歌を主として学んでいたようで『川喜田夏蔭政式歌集』がまとめられている。文化十三年（一八一六）閏八月十日没。享年五十三。

十三代久太夫は政安・篤之助。号遠里・梅屋など。本居春庭及び大平門人。春庭門であり、松坂に本店を置く小津桂窓とは親しく、彼を通じて馬琴とも交流を持ったようである。嘉永四年（一八五一）十一月二十七日没。享年五十六。

十四代久太夫は政明・崎之助。号石水・埴斎・弄花軒・棕斎など。富樫広蔭及び松田直兄門人であり、『菅原政明和歌集』（写本九冊）がある。先祖と伊勢出身の文人達の事績をまとめることにも熱心で、九代爾然斎とその子潭空の家集・『涌蓮大徳短冊帖』の出版、その他伊勢出身の文人達の事績をまとめるなどの事業も行っている。『猿筑波集』という前句付手控があり、五世緑亭川柳とも懇意である。書籍の収集にも努め、石水博物館の基礎となる書籍には、彼が収集した「孳々斎文庫」のものが多く含まれている。川柳にも本探しを依頼する他、江戸の岡田屋嘉七などの書肆を通じてコレクションを拡充していったのであろう。明治十二年（一八七九）六月二十二日没。享年五十八。

十六代久太夫が政令、号半泥子である。父十五代久太夫（政豊・佐久之助）は、朝寝坊・枕水と号し、佐佐木弘綱に和歌を学んだということであるが、明治十二年七月十日、二十九歳で亡くなった。半泥子は、銀行家として成功し、生涯趣味とした陶芸家としても名高く、絵画や俳句なども創作している。考証家として知られる三村竹清とも懇意で、その助言に基づき先祖の業績をまとめ顕彰にも努める他、古書や浮世絵の収集にも熱心であった。昭和三十八年（一九六三）没。享年八十五。

以上のように、川喜田家代々は自ら和歌を嗜むだけでなく、経済的にも文化を支える働きをしており、石水博物館に所蔵されている蔵書・書簡は江戸時代の文人たちと伊勢との関わりを知る貴重な資料である。書簡や古典籍については『川喜田家歴史資料目録（書状一覧）』（津市教育委員会編・平成十年）に一部紹介されている他、石水博物館の展示目録なども参考になる。

（文責　早川由美）

# 2　馬琴『著作堂旧作略自評摘要』

## 2―1

曲亭馬琴（一七六七～一八四八）は、『南総里見八犬伝』等を執筆した戯作者である。天保十五年（一八四四）、馬琴（著作堂主人は馬琴の別号の一つ）は、七十八歳の老齢で、すでに眼の見えない状態であった。そのような中、自作読本を嫁お路に読ませ批評し、お路に代筆させてまとめていた。そして、そのお路代筆本を借りて松坂の小津桂窓（馬琴の知友）が写本を作成していた。

従来の研究史において、これらのことに言及されていなかった。当時の馬琴書翰から若干の推測は可能であったが、馬琴自評の具体的内容については不明であった。

お路代筆本・桂窓本の行方に関する情報はわずかしか見いだせなかった。お路代筆本は、お路の日記（木村三四吾編『路女日記』私家版　一九九四年）の嘉永三年（一八五〇）二月十三日、

暮時松村儀助殿被参、先日貸進の金魚伝初編四冊被返。右請取、二へん三編八冊・著作堂様御自評壱冊、貸遣す

および同十八日、

松村より荷持由兵衛を以、先日貸進之雑記ノ巻・評書壱冊・金魚伝二・三編、被返之。

とあるものの、これ以外の手掛かりがない。また、桂窓本は、関西大学図書館蔵小津桂窓『西荘文庫目録』に、

著作堂旧作略自評摘要　一　カ

とあり、書名と、一冊本で「カ」の書架に置かれていたことしか確認できなかった。

幸いこのたび、桂窓本を石水博物館で発見できた。馬琴が批評対象した作品は、十八作――三四十年以前（文化期）に刊行された『月氷奇縁』『石言遺響』『稚枝鳩』『三国一夜物語』『四天王剿盗異録』『勧善常世物語』『墨田川梅柳新書』『標注園雪』『括頭巾縮緬紙衣』『新累解脱物語』『旬殿実実記』『雲妙間雨夜月』『俊寛僧都嶋物語』『頼豪阿闍梨怪鼠伝』『青砥藤綱摸稜案』『糸桜春蝶奇縁』『八丈綺談』『皿皿郷談』――にも及んでいた。

馬琴は、まず作品名の上に丸印の総合評価を付す。この総合評価は塗りつぶし部分の量で、七つの段階が存在する。そして自評により、自作のどこが良くどこが悪いと考えていたのか、三四十年を経て見方がどう変わったのか、史実・演劇との関わりをどう意識していたのか、出版に際しどのようなトラブルがあったのか、稗史七法則のうち主格を除く伏線・襯染・照応・反対・省筆・隠微は具体的にどの部分のことか、など多くの新しい情報がえられる。

石水博物館所蔵『著作堂旧作略自評摘要』は、馬琴研究および小説研究にとって第一級の資料であり、演劇研究や出版研究などにも益する内容も含んでいる。

## 2―2

では改めて、当時の馬琴書翰から、どのような推測が可能であったのかを確認しておく。

馬琴は、天保十二年三月朔日付の殿村篠斎（松坂にいた馬琴の知友）宛書翰において、

……旧板『括頭巾縮緬紙衣』は、文化四年……全三冊の読本也……今思へば、実に世を隔たる人の作を見るに似たり……略評して奉備御笑に候。此外、拙旧作、愚媳手透〳〵に読せ候て聞かばやと存候……

と述べる。つまり、天保十二年に自作読本への批評が開始されていたらしい。馬琴本人は、眼が見えない状態であったため、嫁のお路に読本を読ませて批評を続けていく意思も示されている。

馬琴の自評は、天保十五年までにまとまっていたことがうかがえる。天保十五年六月六日付の小津桂窓宛書翰で、馬琴は、

……旧拙作の物の本略自評、篠斎子より相被廻、貴家様にて御写御出来……小子とても、三四十年前の了簡と今見る所とは雲壊の差有之候故に……略自評いたし候。……先評は余り省略に候間、此度のは……長く成候て、纔に四編の評に候へ共、十五行三十丁近く成候……

という。お路代筆本の写本が桂窓の元で作成されていたことがわかる。そして、先行して行われた批評は簡略なもので、後で行われた批評が比較的長いものとなっていたらしい。

そして、四か月後の、十月六日付桂窓宛書翰で、馬琴は、

……旧作読本後の自評も御写御出来、原本は篠斎子より黙老人え被廻候よし……愚評は壱本御地に遣候事、歓敷奉存候。代筆の誤写、小子暗記の失も有之由、篠斎子より被越申候。宜敷御校訂奉希候……

と述べる。どうやら写本は桂窓の元で作成された一本のみであり、その写本はお路代筆本の間違いなどを直した校訂本であった。

お路代筆本が廻されてきた木村黙老（やはり馬琴の知友）は、興味深いことを、篠斎宛黙老書翰（天保十五年五月十五日

付）で伝えている。

……著作堂編述の書自評御廻被下……此自評を出し見せ候て者、己が才を吹聴する抔と誹謗する徒も可在之哉に付、余り並々の人に者見せざる方、宜からんと存候……

黙老は、馬琴の自慢が気になり、「余り並々の人に」見せないほうがよいだろうとする。いったい馬琴はどのような自慢をしていたのか、興味をそそる。

右のような断片的な推測からだけであっても誠に魅力的で、自評の具体的内容を知りたくなるのだが、そのためには、結局、お路代筆本か桂窓本を発見する他なかった。

## 2―3

実は全く偶然、石水博物館に『著作堂旧作略自評摘要』という書が所蔵されていることに気づいた。石水博物館に閲覧を許可いただき調査したところ、間違いなく桂窓本であった。

石水博物館所蔵『著作堂旧作略自評摘要』は、一冊本であること、表紙に「カ」と朱書されていること、自一丁至二十二丁の用紙柱刻に「桂窓」とあること、自二十三丁至四十九丁（二十七丁分）が基本的に「十五行」で詳細であること、校訂がほどこされていること等、西荘文庫目録・馬琴書翰の記述と合致していた。

石水博物館所蔵資料は、主に津の川喜田家（木綿問屋で伊勢屈指の豪商）伝来である。同家十三代遠里（一七九五～一八五二）は、桂窓（一八〇四～一八五八）と「愬友」で、彼を介して馬琴と関わる。

たとえば、桂窓は、馬琴旧蔵書を遠里へ譲ると言うこともあった。遠里宛桂窓書翰（石水博物館蔵、天保八年六月二十

六日付)、

……馬琴もさすがに名家……小子方には外に同人蔵印有之品、沢山有之申候故、御譲申上候……

とある。

また桂窓は、遠里が馬琴著作の購入を希望した場合、馬琴へ仲介することもあり、遠里宛桂窓書翰(石水博物館蔵、推定天保十一年十二月二十三日付)、

……『兎園小説』の事馬琴へ申越候……

と伝える。この時は話がまとまらなかったが、翌々年に「秘書(『泰平年表』)」を売却している。篠斎宛馬琴書翰(天保十三年九月二十八日付)、

……拙蔵書……秘書の事、云々及相談……津の人川喜田氏とやら、兼て所望に候……桂窓子御懇友にて篤実家に候はゞ、子細有間敷候……

と見える。石水博物館には、『泰平年表』が所蔵されており、この書が馬琴旧蔵書であったと思われる。

小津桂窓の元で筆写された『著作堂旧作略自評摘要』は、桂窓との交際を基に川喜田家蔵になったのであろう。石水博物館には、現在、馬琴関係の多くの書籍(著作刊本〔読本などを中心に約五十作〕、旧蔵書〔『和名類聚抄』〕、蔵書の転写本三作〔『奥州ばなし・磯づたひ』『細川幽斎老斎年譜』『南向茶話』〕、著作写本三作〔『羇旅漫録』『近世物之本江戸作者部類』『著作堂旧作略自評摘要』〕)も所蔵されている。

なお、川喜田家は、天保期に馬琴が蔵書を売却した江戸の書肆岡田屋嘉七と関係を持っている。川喜田家に宛てた岡田屋からの書翰が数十通伝存する。また川喜田石水宛国貞(二代か)書翰二通も発見できた。川喜田家と江戸の文芸界の関わりについては、それらの諸資料を総合的に解析することで、より明瞭にできるものと思われる。今後の課題

である。

## 2—4

まず簡略に書誌事項を示せば、表紙書名は、桂窓自筆と推定（略の一字、脱字）、本文は、桂窓とは別筆、袋仮綴、半紙本一冊。表紙は白半紙。縦二十四・二糎、横十七・〇糎。自一丁至二十二丁は、「桂窓」と柱刻する十行罫紙を使う。その匡郭は、縦十七・六糎、横十二・八糎。自二十三丁至四十九丁は、罫のない紙を用いる。

内容は、上巻（十三作品）『頼豪阿闍梨怪鼠伝』『雲妙間雨夜月』『糸桜春蝶奇縁』『旬殿実実記』『墨田川梅柳新書』『皿皿郷談』『新累解脱物語』『八丈綺談』『俊寛僧都嶋物語』『四天王剿盗異録』『青砥藤綱摸稜案』『稚枝鳩』『三国一夜物語』、下巻（五作品）『月氷奇縁』『石言遺響』『勧善常世物語』『標注園雪』『括頭巾縮緬紙衣』への批評である。

作品名の上部に付された総合評価「丸印」は、塗りつぶし部分の多くなるにつれ評価が低い。その塗りつぶしの量にも七段階あるが、その位置には特別な意味が見出せない。さて、ここで示された評価は、現在の評価と異なっている面があると思われるのだが、いかがであろうか。

【上巻】

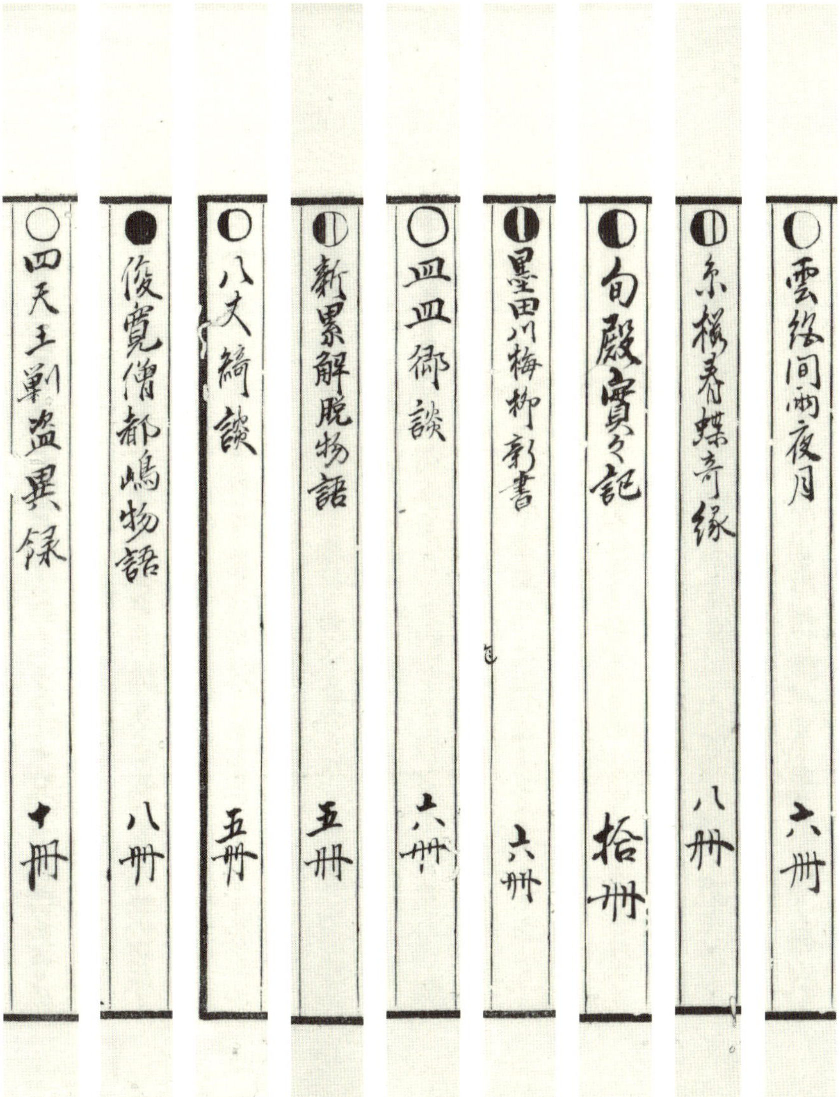
◐雲絶間雨夜月　六冊
◐糸櫻春蝶奇縁　八冊
◐旬殿實々記　拾冊
◐墨田川梅柳新書　六冊
○皿皿郷談　六冊
◐新累解脱物語　五冊
◐八丈綺談　五冊
●俊寛僧都嶋物語　八冊
○四天王剿盗異録　十冊

2　馬琴『著作堂旧作略自評摘要』

○青砥藤綱摸稜案
◐前編 五冊
○後編 五冊
○復讐奇譚稚枝鳩 五冊
○三國一夜物語 五冊

【下巻】

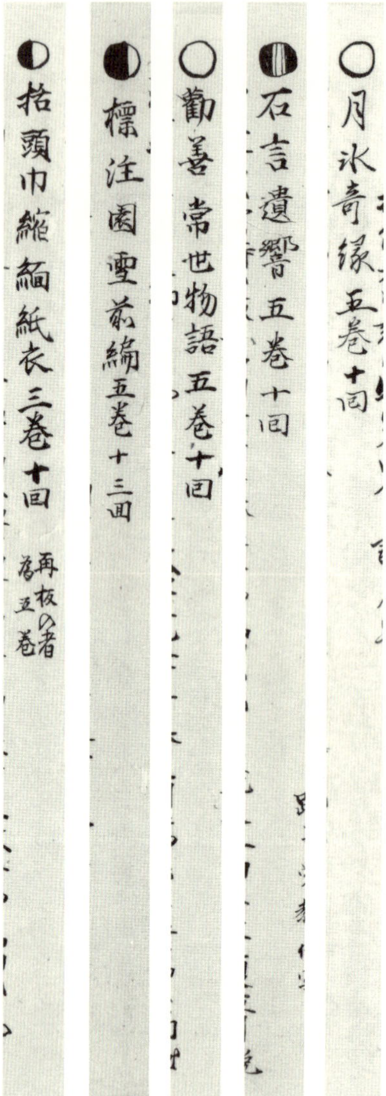
○月氷奇縁 五巻十回
◐石言遺響 五巻十回
○勧善常世物語 五巻十回
◐標注園雪前編 五巻十三回
◐括頭巾縮緬紙衣 三巻十回
再板の者 五巻

それぞれの作品の評価について、ポイントになったと思われる批評を適宜抽出しておく。

a　白丸で最も評価の高かった七作。

・『皿皿郷談』…「始終の筋よく通り」「当時第一の作」
・『四天王剿盗異録』…「是を当時の佳作といはんも過ぎたりとすべからず」
・『青砥藤綱摸稜案』…「全体当時の佳作」
・『稚枝鳩』…「新奇多かり」
・『三国一夜物語』…「当時の一大佳作」
・『月氷奇縁』…「脚色は新奇多かり」
・『勧善常世物語』…「勧懲正しければ見るに足れり」

筋が良く通っていて展開に無理がないこと、趣向に新しさがあること、勧善懲悪がしっかり表現できていること、つまり、これらの点が高い評価につながっているとわかる。

b　六分の一の塗りつぶしがあり、僅かに低い評価になっている二作。

・『雲妙間雨夜月』…「『水滸伝』の大舞台を小芝居にて見すれば妙といひ難かり」
・『八丈綺談』…「綉像描画なりければ是を遺憾とす」

典拠の利用が部分的に不充分であった、あるいは、挿絵に問題があったとする。

c　三分の一の塗りつぶしがあり、一部に瑕疵があるとする二作。

・『糸桜春蝶奇縁』…「只疵とすべき処は結局小石川の段のみ」「雑劇に似て反わろし」
・『新累解脱物語』…「雑劇に似たるを小疵とす」

2　馬琴『著作堂旧作略自評摘要』

演劇的な部分に厳しい評価を下している。この点は特に注意すべきである。

d　五分の二の塗りつぶしがあり、平凡な作とする一作。

・『石言遺響』…「新奇にはあらねども、又難ずべき事もなし」「中平の作」

特に良くもなく、悪くもないと評する。

e　二分の一の塗りつぶし、三作。

・『旬殿実実記』…「雑劇の『おしゆん殿兵衛』の縁切の段を模擬したる故に無理なる趣向」

・『標注園雪』…「浄瑠璃本及雑劇ならば論なし、吾旧作には浅はかなりき」

・『括頭巾縮緬紙衣』…「趣向無理なる故に妙筆とはいひがたし」

演劇などに依存し趣向に無理が生じているという。

f　三分の二の塗りつぶしとやや厳しい評価の一作。

・『墨田川梅柳新書』…「本分の故事ある故に、作者の自由になしがたき」

史実などの枠を破れずうまく創作できなかったとする。

g　黒丸と最も評価が低かった二作。

・『頼豪阿闍梨怪鼠伝』…「雑劇の趣」「作者の自由に成しがたき実録あれば」「吾不如意の拙作」

・『俊寛僧都嶋物語』…「勧懲を正しくしぬる己が筆には似げもなき第一番の拙作」

演劇および史実との距離、「勧善徴悪」の統一性などが問題視されている。

これらはあくまで馬琴本人の評価（しかも三四十年後からの評価）であるから、当然、我々が異なる視点から異なる評価を下すことも可能であるものの、各作品を分析・考察する上で重要な参考となることは間違いない。

やや詳しい内容を『頼豪阿闍梨怪鼠伝』『月氷奇縁』を例にして見ておこう。まず上巻『頼豪阿者梨怪鼠伝』を取り上げる。その自評は、以下のごとくである。なお、引用に際しては、適宜、新漢字に直し、句読点・濁点・括弧を施した。

●『頼豪阿者梨怪鼠伝』　六冊

予老て記憶を失ひしより、三四十年前の旧作は只其書名を知るのみ、毫も是を覚えたる者なし。この故に今茲甲辰春の日ぐらしに婦幼に読せてうち聞くに、世を隔たる他作の如く耳新たなる心地ぞせらる。就中『怪鼠伝』の一書は文化五年の旧作にて、当時の流行にや従ひけん、都て雑劇の趣を旨としたれば中〳〵にわろし。況亦仮清水冠者の大太郎・宇治の小太郎夫婦及唐糸の如き、忠信節婦を尽して枉死の事は、当時の看官惨刻を歓ぶ故にはあれど、今にして是を思へば後悔なきにあらず。且猫間新太郎と云者を作り出ししは、猫鼠論を成さん為なれども、新太郎も復讐の本意遂得ず、一旦絶たる家を起ししのみにて大功なく、況清水冠者義高の如きは、作者の自由に成しがたき実録あれば、只石田太郎為久を撃補しのみにて、頼朝を撃ことを得ず、且唐糸は忠義の為に子を殺し女壻を殺し女児を殺し彼身も節に死したれども、毫も功なかりしは憐むべし。是皆実録に綁縛せらるゝ故にして快からず。されば結局に至りてめでたし〳〵といひがたきは頼豪の故事を借用して後栄なき義高の伝を立たれば也。然れども当時の看官は、めで歓びて、この印本多く売れたりと聞えたりしかども、今読せ聞て是を思へば、文皆渋りて安らかならず、読者の眼と舌を鈍して読ころすか知らねども、口に糟溜るやうにて妙とすべからず。

右にも左にも此一書は吾不如意の拙作にぞありける、是より下、読者の意に任せて開板の年序に拘らず、代筆に課て毎編略自評しぬる者、左の如し。只遺忘に備ん為のみ。

簡単にポイントになる箇所をまとめれば、

a　三四十年前を振り返っている。

b　当時の流行から、演劇を利用したが、今は良くないと思っている。

c　当時の流行から、残酷な場面を描いたが、これも後悔している。

e　史実が明瞭過ぎると、作者の「自由」が利かなくなる。

f　当時よく売れたが、今、自分としては「拙作」だと思う。

a～cは戯作における流行の変化、dは史実との距離、eは作品の売れ行きとその評価のずれ、など興味深い課題に関わる記述といえる。

次に、下巻『月氷奇縁』について、抜粋しながら述べる。

○『月氷奇縁』　五巻十回

この一書は、今より四十二年前、享和三癸亥年、吾が半紙形のよみ本を編演しける初筆也。当時江戸の書賈等いまだかゝる物の本を刊刻せまく欲せざれば、大坂の書肆河内屋太助にかたらふて、彼手に刊附させたる也。こゝをもて画工厥人も浪華の諸職匠に任せたれば、校訂届かで誤脱はさら也……況又二の巻までを画きたる画工（名を忘れたり）久しく病臥にて終に身まかりたれば、河太則別人に画せなどする程に刊刻も等閑にて、遂に三とせの光陰を経て、文化二年乙丑の秋のころ、稍五巻を彫果て製本すと聞えし程に、文金堂河太の主管嘉七と云者、江戸に来り、『月氷奇縁』の製本は船積にしたりけるに、其船勍風に反覆して、数百の製本水屑になりしかば、嘉七驚悔て急に大坂にて主人にこの義を告げて、更に製本を求めしかば、この年の十二月の頃、再度の製本江戸に至来して売出しけるに思ふにまして、時好に称ひて其五七百部立地に売尽しつ、次の年の春までに千二三百部売れしかば、前の水損を補ふて猶利ありとぞ聞えける。是よりよみ本いたく流行……

（中略）

○第二回永原左近が前妻唐衣の病中に拈華老師が剣鏡を授て、後の吉凶を示す段は、第十回に熊谷倭文が冤家石見太郎の首を父の墓に手向る段に、拈華の石碑を見出して因果の免れがたきを悟る段と照応也。且その段に拈華を出さずして、偈句にてことを済ししは省筆にして最宜し。……

（中略）

和平も亦自刃して共に吉野川に沈む段は、『女夫が池』と云ふるき浄瑠理本の三段目を剽窃模擬したる也、爾れども其文異なれば、看官心つかざるも多かるべし。……

（中略）

著作堂曰上にもいへる如く、『月氷奇縁』の一書は、吾半紙なる物の本を作る初筆にて、上に師とすべき大筆なければ、その文いと拙なけれども、一部の脚色は新奇多かり。……惜いかな、其文只読書の人の為にして婦幼の為にせざるに似たり。こをもて唐山なる俗語に国字を交てしるしたる如き所多く……作者一時の遊戯にて、今見れば僻言なりき。もしこの書を『八犬伝』五六輯以後の文をもて綴り、綉像を国貞に画せ、筆耕を谷金川に課せなば、拙筆中第一番の好書なるべし。……この書疎文にて多く漢音に読する所あれば、婦幼は解がたからん……是よりの後、年々に思ひを擬し、遂に自得して和ならず漢ならず、雅ならず俗ならぬ体裁を定め得て、一己の文をなせし也。……この『月氷奇縁』は吾初筆にて愛思ふ……

2　馬琴『著作堂旧作略自評摘要』

右に抜粋した部分からは、次のようなことがわかる。

a　『月氷奇縁』は、江戸の書肆が出版を望まなかったので、大坂に持ち込んだ。

b　画工も彫師も大坂の板元河内屋に任せたが、校訂もしっかりできず、画工（馬琴は名前を忘れている）にもトラブルがあって途中で変更し、結局、刊行は文化二年秋だった。

c　江戸への運送中に水損にあい、江戸での売り出しは十一月十二月頃になったが、よく売れた。

d　「照応」「省筆」といった方法が有効に機能している。

e　近松浄瑠璃『津国女夫池』三段を利用したが、読者はあまり気付いていないだろう。

f　漢語を多く使ったため、文章が硬い。

g　『八犬伝』五六輯以後の文で、画工は国貞、清書は谷金川だったら、一番よい書になる。

a～cは『月氷奇縁』・江戸読本の成立に関して再考を求めるのではないか。dは小説の方法、eは典拠についてその考察に役立ち、f・gは文体論の観点から注目する必要があろう。

## 2―6

右記二作以外の作品においても興味深い記述が見出せる。いくつか具体例を示す。

a　どこが良く、どこが悪いと見ているのか。

・『糸桜春蝶奇縁』…「情を写し態を評したり、且筋も功にて大場あり」

・『皿皿郷談』…「始終の筋よく通りて自然の如し……其子唐嶋素二郎が前後の二人り妻新奇也」

・『俊寛僧都嶋物語』…「前悪を謝するに至るは、歌舞伎狂言浄瑠理本などにはあるべきことながら、勧懲を正しく
しぬる己が筆には似げもなき第一の拙作にてありける」

・『石言遺響』…「当時画冊子に復讐の事流行のはじめなれば、愚も亦この拙作あり」

b　三四十年の間にどう見方が変わったのか。

・『稚枝鳩』…「当時合巻の画冊子に復讐の事流行したれば、予も亦此作あり……時好に従ふてこの孝子夫婦一小児
を枉死させしを後悔す」

・『標注園雪』…「文化中の拙作には輪廻をかけて説ざるもの稀也、文政以後はしからず」

c　史実をどう意識していたのか。

・『俊寛僧都嶋物語』…「『平家物語』『源平盛衰記』に実録あれば、作者の自由に成しがたし」

d　演劇との関わりをどう考えていたのか。

・『糸桜春蝶奇縁』…「疵とすべき処は、結局小石川の段のみ義太夫本『本町育』の小石川の段に模擬せまくほりし
し故に、雑劇に似て反てわろし」

・『青砥藤綱摸稜案』…「文化年間大坂にて是を雑劇に取組て、嵐吉三郎が蚕屋善吉になりて大当り」

e　出版がらみでどのようなトラブルが起こっていたのか。

・『三国一夜物語』…「此書焼板なる故に、今は市に絶なんとす、書賈等再板に心なきは好書なるを知らざればなる
べし」

・『勧善常世物語』…「大坂屋茂吉と云ゑせふみ屋……作者には告げも知らせず、越前屋長次郎（為永春水事）に課て焼亡たる
二巻あまりの書画を新しくし再板して全書に成しぬ」

2　馬琴『著作堂旧作略自評摘要』

f　七法則の具体例はどの部分か。

・『稚枝鳩』…「おき津は馬川渡之助の救助にて死せりと思ひし良人に再会す、是亦仏人両馬の反対也。この木馬の事は第一回開場に伏線あり、作者の用意を知るに足るべし」

・『勧善常世物語』…「『水滸』その他の大筆にも、作者の深意隠れて悟りがたき者あり」

・『標注園雪』…「後に至りて家鶏が肝の鮮血、父佐二郎が眼病の良薬なる襯染也」

石水博物館蔵『著作堂旧作略自評摘要』は、馬琴の肉声が聞こえてくるような資料である。同書をどう〈読み〉、またどう〈馬琴〉と向き合っていくのか。今後、同書が活用されることを期待したい。

〔付記〕　馬琴書翰については、柴田光彦・神田正行編『馬琴書翰集成』第5巻・第6巻（八木書店　二〇〇三年）を参照した。また、黙老書翰については、木村三四吾『滝沢馬琴――人と書翰』（八木書店　一九九八年）を参照した。なお、お路代筆本の行方に関しては木越俊介氏から、小津桂窓蔵書目録に関しては中尾和昇氏から御教示を得た。

（文責　神谷勝広）

『著作堂旧作略自評摘要』影印

# 『著作堂旧作略自評摘要』影印　凡例

影印にあたっては、左の要領によった。

一、本影印は公益財団法人石水博物館所蔵本による。
一、影印に際しては、原本比率約七一％の縮小とした。
一、影印本の柱には丁数と表裏を「一オ」「二ウ」のごとく表示した。

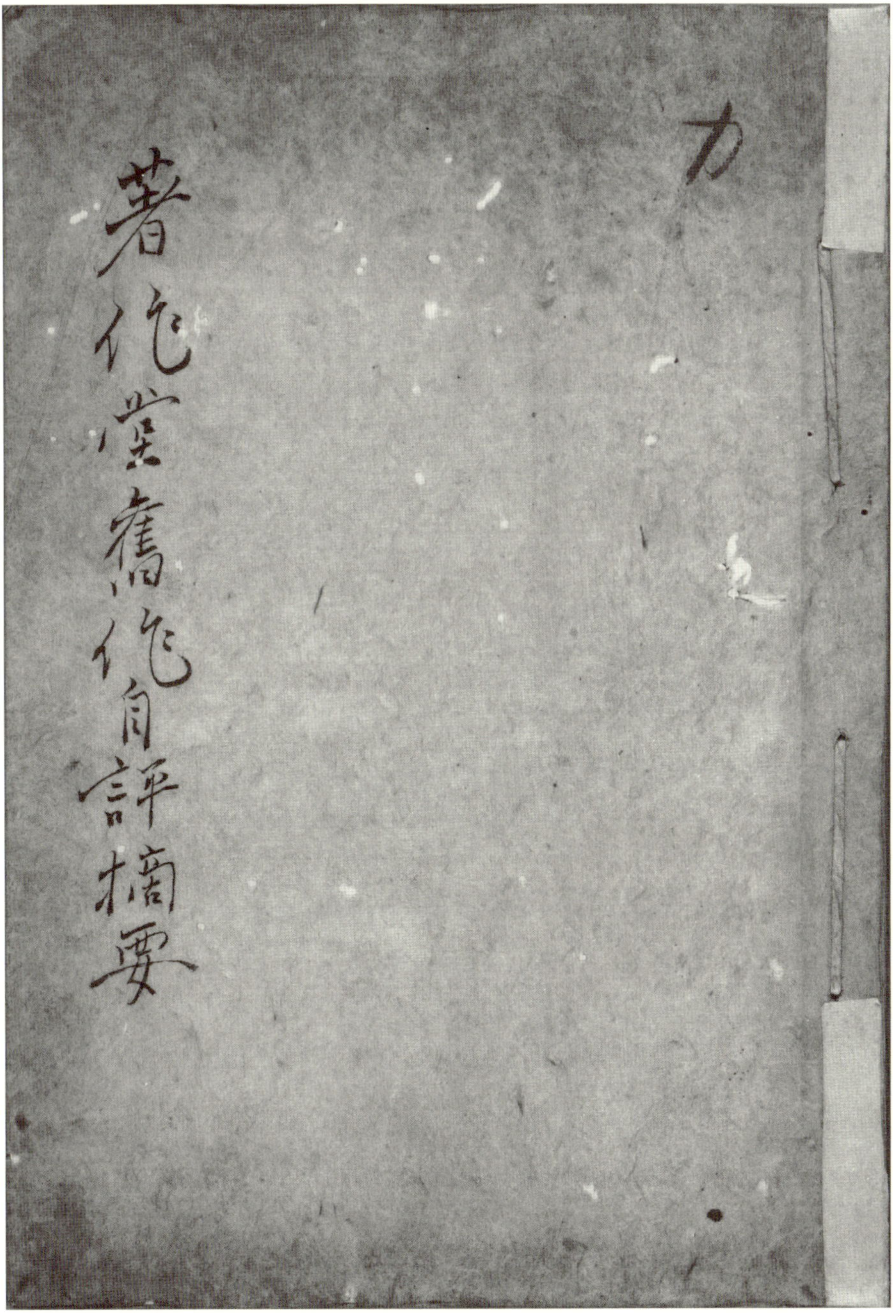


著作堂旧作略自評摘要　表紙

著作堂旧作略自評摘要　見返し

# 舊作畧自評摘要

●賴豪阿闍梨怪鼠傳　六册

予老て記臆を失ひしより二十年前の舊作ハ只その書名を知るのミにて意ハ是を覚ざる者多かり　その数ハ今茲甲辰の月ごろハ婦幼に讀せてきくにさながら世を隔る他郷の如く耳新らしき心地せらる就中怪鼠傳の一書ハ文化五年の舊作にて當時の流行に從ひけん新劇の趣を旨とせし物なれバ[illegible]　此假請出府者の太郎宗雄が[illegible]太郎夫婦及唐糸の姉妹忠信節婦数名を殺して枉死の事ハ當時の看官惨刻なる趣を歓ぶ故なれとも今よりして是を思へハ後悔すれとも何ともすへからず且猫間[illegible]太郎と云者を作り出だしハ猫鼠論を寓したる[illegible]

ゝ彩太郎が復讐の本意遂られず一旦縁なる郡を耗忘しぬるの事

大切なる趣清が蔚者義竟の如きは読者の自ら感しわかる実録

あるハ只石田太郎為久を撃捕しのみにて報朝を撃たるを結末と見

南京ハ忠義の為に子を殺し女婿を殺し女房を殺し継母を節と

殺したる重きは毫も切なりしハ憐むへし是皆実録に拘縛せらるゝ故なり

して快からずまた是ハ結局に重きてめでたしくゝりしも是も切なりハ秘家の故事

を借用して後案なる義竟の伝を立たるもの之雑ともいへとも当時世の看官、

関を鋭りて志の下に艶多く書きらうとも人の読て好みし是を思ハ

文皆淡りてあらあらしく読者の眼と舌を誑して読去るを知ら然とも

ほど糟粕なれど今も好む者ありしも何ぞたのしむ此一書ハ吾不如意の拙作

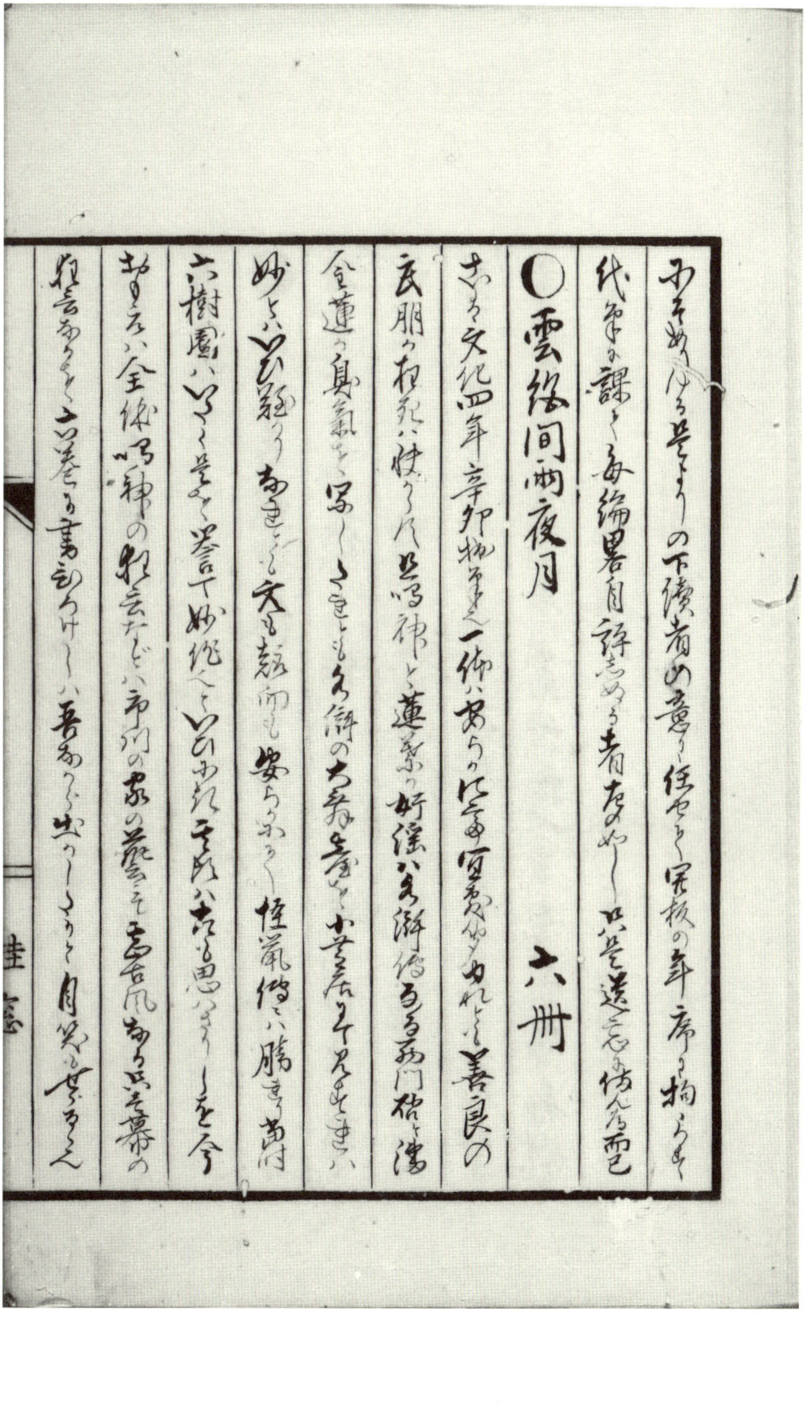
而るをめかしける是よりの下読者の意に任せて異板の年序を拘らす
代筆の誤を毎編略自評認むる者なかりし只是遺忘に備ふる而已
○雲絶間雨夜月　六冊
さるを文化四年辛卯梓之一作は当今の作者の宜みたわれよりも善良の
衣朋の相死は伎の代見鳴神と蓮葉の奸淫は大鮮倚るる門倍と濃
金蓮の鼻氣を写しさりとも名餅の大義を重して小葉君天は
妙とは甚麗なり高きなる文も鼓而も安からす怪鼠停ては勝其附
六樹園は甚く是を誉て妙絶也とてなれ予獨は恥思ひなりしを今
都ては全体鳴神の狂言などは市川の家の藝にて吾合風なるは芝幕の
狂言なるを六巻の書となしけるは吾亦さも出のしくりと自笑をせらるへ

あれなとハし　但し雷獣の辨結條の事あるハ看官の心得にもなるへし歟
作者の用心今も特に得意に覚ゆ是ハ贅言に似たれとも有用の事
なれハ許へし

◐糸桜春蝶奇縁　八冊

是ハ文化十二三年の作なれハ作者の筆やゝ進みて情を写し態を
詳にせんとしたり然れとも功名大場あり是ハ怪異條雨夜月にかゝる事ハ
愚者の情意を知るに足れり只癖ともいふ處ハ緑島小石川の涯のこ
義太夫本大朝育の女庭訓の脚を模擬せしものなれ故に雑劇
不似て及ひかたし且十数躰につまりたるハ三十丁の外作者の自由
不志のたる故に団圓の筆を急きてとかく為遂て龍頭蛇尾也

なりたる程をも当時看官の愛せる大かたならず或ハ京摂の為に上瑠璃
にもせんとてその浄瑠璃本ハ尽く売て程もなく当時の流行を思ふべし今は
棄疑の一書之係し絶板に成りて今ハ写本あまたを珍蔵したるものゝ吟今
再板をもとむる書賈ありしを人の悟らぬまでに作者に告もせで整たる
なるべからまんより再板なるこそあるべけれ是等拙作の小説や
只ましとえりけて一冊もその好書といふべきハ畧するにやめでたきハ文化第
を旨出之ましめ五十四編楽文廊の遊女曙朋の情死を救ひ得て是を
妻として女児二人をもうけ後曙朋（小春且開）の嫖客ハ冤鬼の祟にて夫
婦離別せらる後ハ懐妊りて月みちて曙朋ハ愛妾止水子を
背負て故郷へかへらんと志ぬる道中にて止水子を碁棋等に勾引

さまさ彼者ハ途にて次十兵衛にめぐりあひて江戸へ下りまさまさ遊ぶ
八の郎ハ十郎の後妻にある所ハ因果の免れ難き自然のごとくなれ
いよりくゆるし又止紋子の婦大總を成長の後ハ父と共にあづまへ赴く船凪
難の禍にて東六郎ハ分して死し大總ハ辛く免れて艤余に漂泊
する帝妻折桜禅尼に救ハれて遂に江戸へ到る事又是因果湊合
新奇といふべし　又大總の母卯ノ止紋子の外孫ハ背棋に養れ年二八なり
しつ大總といひなづけの良人神原猿五郎ハ悪党の為に背棋を斬
害しその養女わか糸ハ農夫に文東六と共に死したりと思ふ大總
の母卯ハあやまち悟りて相携て江戸へ走る所ハ南何ぞあるや七三の
奇遇にて五郎と関りあひて亡びさるまで其因縁の質ふ　あづま路に

その夜の新をうつし出んとす川山のありあけの月を作者の自任あり
春宮の知る處といへ共大總ハ主と出来りて一文字の陣を織るを万人
織りなすべき事ならぬ彼等ハ十余日を救ひて本座に寓居し又狹三郎
中東は江戸より来ぬる日より山賊山魅五平太らの手下の俄得捕（ニセトリテ）と血戦
し綰三郎に救はれて危難を免れその後綰三郎ハ軍を率ひて山魅の
寨に鼓行し中東をとり返し山魅等を降参させ彼ハ義侠の大富
綰得て愉快なれば狹三郎ハ綰三郎が東座に寓居し中東ハ總
三郎太郎ひて十歳の病弱を蘇生させて自然の恥を出増せし
その村の草胸男平が奸計にて二人を首領とする假得捕の手ありしその故に
綰三郎ハ累年の苦辛うち忘れて狹三郎が妹を妻にして本座を譲らる

彩るその婚姻の夜に狭手彦に逢て走るに及て昔五十四塚東六と
神原矢所平が其子の為に約束して納采にあらざるべしと少柄と
扇と合せ置きの入りしより破縁の兆になりける故に後縁に少縁は
狭手彦の妻になり大總は隠士郎に妻せられしものを寄りて妙なり
まや隠れし平鴨山魁が綴緝補ひて狭手彦は洗ふ之鑑士郎は猿猴情く
ましくて差る為に昔しあらまし釈きて突あしいふにもや差るは難
劇の脚色に似て己が筆には似げなき画の条せ作梅陰あきなし
てもあるべし是より古礫川の巻は上に自評せるが如し作者
四塚東六神原矢所平并に且聞は要なくてあらざるに枉死は快
くる故より落葉一八が冤鬼の崇のみ祭る員終に解脱に至りて後業

あまハおもしろかるへし　并ニ十郎の因果物語といへる赤本繪鑒にやあり
とおもふ故

●旬殿實々記　拾冊

上編五冊ハ可もなく不可もなし　与次郎か妻お旬か事をもとゝし
後編ハやゝかゝる程に豊へまはして桃花の用心新斎とやいへる僧に但し山の手
公の臣として与次郎か妻を殺害し討ちを取りたる　是を筒井家に
て殺て譲さるゝハいかにぞや又か枉死せしものゝ怨魂救ありと云ふ与次
郎かはたして殺すなるをもて由するハ桃花の自然と出て自由なる物あり
是ハ苦海の族となるへし　但し於旬ハ於旬に甚よく似て涙
婦お旬の首を斬て落して首の行衛を取隠したるかへりて於旬ハ

敵を討する早苗之進の評を寄するの所ハさもあらん自賛
たへ難き大瑕なし穂三郎が雷舎の皇帝ハ当時流行の趣向之
しを浅ましと思へハ新劇奇をあてて見まほしけれハあやめ草を交へ写し
画に著しては影画の美人を掛絡て見えたりし常にして切なき段
といふへし

後編ハ前編より劣れり
お旬敵ニ討るゝ隣家の族に敵ニ討るゝ実父紀太郎の後妻お岸が黄覚
を得しても三保の女子入て假粧しお旬敵ニ討るゝハ縁切の因果
述懐して蔵女を看官に哀ならしむ歎息しけるのミなれども是ハ拙かるべく
是ハ画をもて只あやしく思はしく都ての事の理義ハ叶ふとも何と
すれバ敵ニ討るゝ実父紀太郎ハ理義分明の悪人ならねども敵ニ討るゝ

童年たりし時早苗之進の寺に嗣せられしより今まで辿之進と寺信
たる辞を縦ふに就ては敵方の者也の実情実にせまるとも云へども
者也を縁として出せる敵方をも親の為に睦みをもて屈めしはいかでかあはれなれ
敵方の来きたりし時のめのとあきは茶丈の話を聴ける者也せしは敵と戯
の型を見る敵方の縁者の話を模擬するの旅と三軍なる藝同は此条にしてきさ
とり婦初は何にも大略あの看官かくまで理をも推察し辨せる上首勝也
はさすらを見え残りしぬて此の書の中に紛ましい偶中の一得捉えの僥幸
播州の旅に出て先にたちて敵方を領にかも撃とあるて上敵方の為に宝
独は早く兵部の手に入りしと志みしを領の首と宝剣を交易して損
得なきの勤めをも合せたる時は帝王の新奇の作と思ふ亦謂張公酒を喫して

書ニ碑の趣向ありて遂に自意なるべく労して却て趣事ならず其無益なるは
孝子へ父の仇を討して厳蔵ハ忠義の士也父の宝物を取出して君父へ還す
も謝せんとて志つるを与次郎ハ父の仇を厳蔵と撃せて厳蔵ハ是を家に仮して
与次郎ニ捨られても是を実事として是と思へ何をも孝子忠信を先
是等の趣向を元とし纔にいへハ尚あるべし本末首尾詮有得意ニ佳作して自
負の心ありて兎角看官を是を鈍なる板元の一人を飯ハしぬらハ憾也べし此書ハ甚
蝶斎録と同時に板ハ皆様あらはれしを以て情く思ひし我のみて今思へハ
憾むし是らを憾板なりしハ反て後ありし地ニあり一笑千笑

●墨田川梅柳新書　六冊

此の新書ハ[illegible]年[illegible]文化三年の愚作也ハ情態をうつし集録男女[illegible]

ともに筋はあらずして三郎なる赫(?)向ひなし給ひし白梅子を亀菊と大(?)なる
毒婦に化りしは婢のうちに当るは吉田少将惟房の恩賜の物名(?)告は同胥(?)子
金の鶏あり是を常に肴(?)人に害せらるゝ敵せるに其目黄の鶏忽地鶏
鳴とも護せるによりて大審を得て和(?)あり惟房是を懐にして亀菊を刺すく
欲せし奴が事早くあらはれて反て讒者とこゝろみし惟房の身(?)に證(?)を違(?)さる
縁とありて亀鶴(?)が恋の名笛を懐にして一旦を露見せられなく欲せし時なく
鶏鳴を叢にして正對えといふといへどもいふもさらなり惟房の真心惑(?)て
気の毒又山田三郎の苦肉の計をもて妻と女児を殺ししは常にして功なき
さればこそ山田三郎の母敗(?)に忠死しこゝろある妻と女児を殺せしはあまりの事
教(?)又梅稚丸は一旦妖狐の為にあらずして危窮をのがれしかども如(?)なく忠

宗夫ハ重忠ニ殺されしハ本台の故事ニあらす旅て惟眷し自害をおもひ知し故ハ勿論なり　前後ニ照合あるに似たり　婬女松井源吾ハ積悪の因縁の大悪人なるに　墓前ニ殺されたるのミにてハ飽かす　以故を最後に桜稚の霊夢に告げて因果の故事を説し因を推し果を示して終に善悪の勧懲ハよくあらハせり　左伴まる處ハ大ニ拙きあらぬとも今おもへハいとなかくしき
治まて全体ハあちらて桜稚の後半あまりハ怪気に勝まりとぞいふべし

○皿皿郷談　六冊

名け皿々の由ハ慶ハ蒙空護物語なるものに相似て同からぬ姑嫁の弊多く
通りて自然の趣し事ハ宋の秦嫦に基けりてこを皆秦二郎の前後の

二人の妻新斎之自ら婦あり安の狂死ハ快からねども已ことを得ざる所あれバ
殺害さるゝ事を得ず天目法印ハ当所後ニ其実情をあらはさずして看官
指当まで見えざるハ父に代るの忠節静が為故での人物識より藤範として見る
ハ如し作者不動の霊験を妒婦の冤鬼と縮まで給ハ見ゆあまりよからず
其妻ハ剣死として獄にへあらねど十六夜の宗妻の墓に出祟りするハ当時世
間に遍く行ハるゝを概合して累と斎之吉の書ハ文化十年の冬十月稿
累て十二年の春叢販せしハ作者の筆力既に熟して文も亦あらん今
にしても此作者みづから是を思へバ当時第一等の佳作なるべし

◐新累解脱物語　五冊

累の子の名を田糸姫と出して与右衛門に相継さるハ新斎之助と田糸ハ貞女なり

亦本年ニ落命ハ是非を度外におきて志の為身を女死をしと習ハ安て実ハ死者を
借りて世を憤る筆なり看官指掌すへし総ての結構の段落て人物
の善悪あり雑劇に擬したる処もあれど当時の人の喩ふ泉の死霊の離魂を
あらはせり牛雲累ハ貞女すけり亦是にて彼等も亦身を安く為す梅ハ権と悪
の猫を以て今の世の事をつゞけりそれより是一書中の大当ならんかし
累狂死せざる所ハ志の拙なり況や感を催す自ずからにして化る頃中説中の大
疵事なるまじや志の一書ハ文化四年中夏なる書肆河内屋太助の需に応じ
して作りし物語なり是ハ皿々郷談より起り去年春の柳亭の中まで当時の佳作
なるべき事にあらずかの二つの作の中にあり是を郷談より見る時は一級を降るべし

○八丈綺談　五冊

此の一書ハ四々編繡像と同しく文化午年の拙作也是ハ用心よく居りて
輪廻応報の阪母貝通せまくとて知しその年不閣橋なる孝子東三郎か
の勝を拝存さろところその後才三郎が嫁と云ふ年月の字成もりけれし
年白坊の後我を翁とせしハ文を無之翁の名を生翁ありて出すものの深
なる青鞋ハの嫁を宿とよりハ枚あるまで婦初ハ友く鏡へさるへし翁か
一旦岐蘇の妻あまたりしハ人意の表に出る一奇なれども實録に合はざるのみ
二ハ白木屋譜多の片恐なる文ハ大ちの跡ハ市其上にあり因果応報因果
地蔵となりつし和睦橋ハ和国橋をまちかせしより地蔵の最後に橋と云の
話撲枯ある牧を衣ハ騎馬刑場を千尋るくの版翁あるまじき今思へハ求めも
聊なり且此の一書中に重く思ふ船来の稗史に演技の事を僅に附載しハ世の

看官の裨益あり但し繍像拙画なりけれバ是を遺憾とするのミ
今思へバ果報に伯仲する佳作あれども作者の用心ハ十が一にて看官の
見ることを得ざりき是ハやゝ三十年の星霜を歴て此書の事を云者稀也

●俊寛僧都嶋物語　八冊

今此一書の趣をいふに少く哀別離苦の愁情を旨と作りたり当時文化五年のこと
の看官悲泣の作を歎ハず乃是俊寛の事ハ平家物語源平盛衰
記に実録あれバ作者の目を嘱しかたし而ども亦て結局に至りてめでたく
とゝのへてこれを作るに猫性竟傍寄る清水の冠者義高の巻一書の主人公
後篇を続けて其本来本年の謬なし此亦亀王丸蟻王の父黒居の三郎
蟻王の妻安良子の母兜手俊寛の内室松の前息女鶴の前黒居亀

王亀王が妻渡海兼土女のせん太郎が恋ミして悪義良善の男女殺を
尽して枉死させるハ快からず　此亀王ハ渡海の色に迷ひて主の用金を使
ひ失ひたるのミならず彼が身に迷ハされハ父の三郎自殺して其子を将
したる亀王ハ猶悲醒えして気ひらける今さら調遊せん為ニ丈婦人のど
よめ君にかりて多くの婦女を累悪し遂に晴夜の船中にて殺害を
載し貞婦安良をも殺さんとする如くてハ真の強盗にて忠臣孝子の為なし
漸々人の嘲にあらんや渡に到りて亀王ハ白川湛海と仮名して丈婦僥寛
に仕へけるとさせる功もなく丈婦ハさらに身を殺して旧悪を謝するにあらバ
勧懲狂言浄瑠璃めきたるハあらんかなれど勧懲を正しく立たる也
筆にハ似げなき処あり一篇の趣向にありける也あらんてその為の胎に

俊寛の其子に名のらざりしハ哀情なれど青ざめるの〻州萱道心の二の町なら
さることなれど引つゞけ俊寛が鬼一法眼となりしと鷄斎の寃魂が牛孺と
婚姻の事ハ新奇に似たれども共に其甲斐なく畢竟醉中の一夢
異なるのみ俊寛がおもひにまた人と逢はせまゐらするその気を取りて鬼一法
眼となりしハものゝ本の説に拠る徳寿蟻王と共に長門のかたに奈良に隠
しと云のみそはめでたからまし徳寿丸蟻王のうへを後編に書つゞけて編述しハ
実録に拠らずしたる作者の意に出たるなりあんのし其虎の巻の真偽
を辨ずる説ハ大閤目なきと婦知ぬらんに是を愛する看官ハ稀なる
へし抑此一書を文化四年に刊刻せる拙屋忠蔵ハ其子に至て母家
離散しその家衰へしよりこの板行人の手に渡しやゝ越年にて下おもしろ

物なれとも繍板にハあらねとも世に称せられたるハ甚しく作者の幸なる也
又億に亦相の家と金鶏の家の乱ハ実録にありしを其本名之実録に合
せたるハ此の母女ハ烈なるか如きなりとし合せて事を書て其を見
せハ淫婦尚多かり

○四天王剿盗異録　十冊

此の書ハ文化元年甲子の冬の事にて今ハ四十一年の昔になりぬ又を
よく情態を写して其ゆへ精細ならねとも全体の筋よく通りて見る
のことく言ひ立たる理なきにもなし手段ハ保輔の金作なるとも強盗なる事ハ傳
へたりて此の板ハ書店と四天王剿盗異録と題したる此剿盗の二字
大閤記也志らぬ者の鎮盗に略記を出して四天王とのゝ録しとるハ遺

恨の葛之助と前編岐岨の樵夫の條に悪者堀の冤魂あはれなる女の亡魂
なる勝九郎がまつのをやいかにぞや思ふ者官にありしよし頃保輔の強盗たるよしなる
の冤魂憑ひて盗賊に附そへりて魁首となるといへども其の條ありて
保輔の性悪にあらざれバ彼冤魂憑くまでとり虎のつきまとふなる
不出の條なくハあるべからず櫓年と云卯二の巻にもまたて答へ方る條ハ文化
四五年の比中村座にて名を代て雑劇にせしか又四天王の出世をの
趣あり て綱の智公時の勇ちからの孝季武の信敬貞光ハ忠として保昌の
礼をもて五常にあてたり和泉式部の稲荷山詣を保輔に撮合せしなと
おもしろし袴垂婚姻の奇縁ハ淫奔ならずして意味深し鬼童丸を
土蜘蛛を一方の大将となしたる趣ありていとよし最後に画幅尼の保輔

ざる論破志女が腹ハくびれたるにて後編に至りてハ讃石尼が如きの女
児淵雪二の墓に保輔の首と合葬す志女が腹ハ近く感じ思ふにもあらず
ならずや今おもへば自評せハ是を当時の佳作といへども違ひなきを
つらぬきし趣の作のミは具眼の看官よく知りたまふもあらんかし

## ○青砥藤綱摸稜案

◐前編　五冊
○後編　五冊

前編五巻ハ文化八年辛未に刻まる所度守一分二ハ懸井の巻にて懸
井司三郎が学問をもて禍福一なるに其足の僧と無不孝悟の娘をもて
倶に叢談の顛末を作り設けて作司三郎の父藤井魚太郎并に金
刺刺平二等ハ商話なるに其ハ学問に勝ぐれて刺平二ら金沢文庫の
学頭になされしハ当時の人物を考ふるなしからぬと思ふ看官もあり

ぬべし　抑この本編の六作ハ唐山の小説を翻案して換骨奪胎の
作ならざる者なけれバ　世ハさしあたる学問の端を紐とき唐山ハさらなり
鎌倉時代之とて読書学問を好まぬ商賈ありとも学問と武藝
不代ニハむつかしくて廣女十六夜の凝情をせんくさなし　世ハ今昔今沃図
書の趣き学者にもわかるべきもあり　其纖疵ある事ハ見る者の志の一編ハ佳作なり
なるべし　第三ハ蒲曾七ヶ青年貴年の絹をその妻專女が淫奔自ハの罪
の下巻蓑笛目七の才曾蓑ハの冤屈砥ふの明断まさにさすが趣向へ頃を加へし
第四ハ加古飛丸の家督論何がし和尚の煉揚の鍵(かぎ)綱の蔓切縷々の
恩怨をもて易あ斎第三編を一巻とせしより　第五ハ庶木申夜りを好む
愛の血まよひて兄を殺せしてその逆らひ給し　逆縁主人由ハ丈婦の奸

智にたけて利慾の為に申叔が妻年寄(ヨモト)を奪ひ取らんとて種々の苦計
を旋らし屢要を施して申叔夫婦をたばかりしハ彼人肉縄(カトウ)を結ぶ
百人鬼九郎に立まさりたるといふにいたりてハ其人柄に相応しからず是等ハ
作り物語にて自然の如しとハいひかたし頃日京なる申叔ハ毫も悪
る事なく風流の画工にて元より其主人を殺せしも由ハ所殺されしハ快からず命
今当に作らバ申叔ハ絵手をもちて一旦死したりしを施己の仁助(ジヨ)にて
往生し渡りて其病愈て妻と女児とを携へて故郷へ帰りしとあるべし
是等もと志の編の中程にてその中に由ハ鬼の仮面を被て画淫婿の
罪を顕らしてその字ハ作者当前図上の工夫に出来しかその仮面ハ申
叔の女児を擁せんとて買ひ来て戯らせしものなるを端物由がかしこに施

し八芝居なるよしてしらく自己の物し也となりて今ま思へハ縣井上中
下の巻を勝れりとやいふべからん　後編五冊ハ文化九年壬申の冬稿
にて唐山の小説によりたる下野の継母の肚裏より出しまゐらす善吉
お六の賢良而して魚卵生産なるもて其節とあまて今遅そ也其五の邪淫
継母悪馮司昌九郎の殘忍奸智よくその勢たをたへして自縊の物し
此編善人の枉死するものなく張六の論断によりて悪人皆誅戮せらる
抑又愉快なるものや　さしめ善吉の男女の郡司に謁ちて死刑に臨む
時お六の許ありて権五其場にいたるに及びて雲霧をひらきて天日を見
るの趣し此の段を第一の大場と作し空焊ハ毫も眾なし　六才の時に
別れたる親を尋ねて良人井輕元二に従ひて稍故郷に赴きけるに至る

枉死ハ造化の小児の身の上なりと例へたれとも、これを司馬昌左衛門か知らせして
勧善懲悪の趣意なれハ、親の因果の子に報ふといふ俗語をもて
用捨あるへし。此地のみならず、思ふに善吉か一旦出世して村長に成りてハ必
奴婢二三人あるへし。然るに善吉か至寳の罪に依て禁獄せらるゝ時、家に奴
婢ありてハ無益の文字なる故に、作者の自由にさせたる奴婢あり
ても、此筋ハ恒例にて、其の日暮しの家にあらねハ、奴婢あらハいかに宜
しかるへし。又白眉の長か猶豫なきハ甚しき不敏(?)なる時ハ又其犯(?)
其子善吉を捕へられし長の保当一人なりし事なるも保当の甚ハあるへ
さる事(?)ハ其子細を知りて、猶(?)し、しかも胡意を脱する志あるへし。是等ハ
編の不備なるものから、全体当時の佳作なるハ、許さるへし。宜なるかな文化

年間大坂にて是を雑劇に取組て嵐吉三郎の蚕屋善吉
となりて大当りしたりしと云 其狂言正本を河内屋太助の画入にし
て板せられしもの八冊あり 世の人の知る所なり

○復讐奇譚稚枝鳩　五冊

此書ハ享和三年癸亥の夏筆して文化元年甲子に出せり 是ハ劉盗異
録と同板元なる仙鶴堂の刊行也 今ハ四十二年を歴たり 吾三十七歳
の拙文にて構思熟せず 生の筆に成しかハ情態もさらなり まして細密ならず
総てとて今思へハ新奇実なきものに 補綴九作多くは雑す 天丸の家なりて
吉凶をも示せし 然れとも是ハ大地を底にて九作の憶をもて書きとりなる新奇
之和漢の小説に天地震を宗として出して物語の用に立ちし又は此の書の外に

ゑまうく見えて淀みありて楯縫兵は松を父雷震中に雷にあるものをやどすと祈る段は天地
同雷震の応対之段しかも赤太郎が狂死は時の不祥といひがたし不幸何ぞ
ましてやこの折縫太郎が実父福六は義党兵衛松に再会せしときは枯樹に
花さくが如く目出たし淀みありて縫太郎は継母が為に討たれて冤家
字九郎が為に亡ぶり討せらるゝ段は快くして看官殊に不平なるべし當時
合巻の画冊子に復讐の流行しきりなれば是に斎過ぎたり字九郎は
たゞしものにあらずさるを縫太郎兵松兵衛を撃せんは牛刀割鶏
なるべし且悪行をまつに熱しかるべし今憲ふ子曽赤太郎縫太郎共に
死せりとみせしが実は死なずして息津斎羽の如くに鎮西斎の利益にて救助述
命のよしみに他ちは深くありけんに當時は残忍勝利なる物語を看官鑚着

多川(か)堂ハ看(?)官の時好に従ふて志の素子夫婦一旦の枉死させしを後悔せり
作し大井川路なる渕毒吉郎市子と掃合(?)志つるハ甚(?)くおされあるよ
似(?)さしもの也志の夫婦一旦の枉死ハ本編中の瑕瑾といふへし福六ハおさめの
枉死ハ悪(?)情なるゆゑにて（?）なるに殺されて其の毒を発るゆゑ也(?)
よりて由縁て福六ハ我(?)娘(?)の仮(?)令(?)の内に墜(?)ちしハ天の然せる孽に似たりけり(?)
色(?)ハ淫毒の悪鬼となりて志の禍となりしかども福六ハ毫も罪なしたま〳〵
環り会ぬる実ハ吾(?)猿(?)太郎を宗九郎に斃され彼(?)かの毒酒をたゝへて非命に
終りしハ遺作の中頃の思慮足らざるに似たり但(?)し淫毒酒をおもひ出すに
のこさせて猫(?)福六の禍とせしハいとゝ(?)難ければその趣(?)を再思して
福六枉死せざらしめバ何らハ(?)麻(?)につ(?)佳作ならましけれどもかくて又ハ其(?)備らんことをおもふ(?)

ゑにあらず今此編を讀ば始て浪梅の條までに自評なきのミ文字に
尼子の段も定九郎 是孫栗壁八の楠後見郎を編ぜし段ある多く小説
中にある所謂ものなきハ評するに足らず息津の復讐の五人衍ハ唐山稗史
石點頭なる立功智烈女報讐を敘ふ一編を撮合鷲栗志ざる之其の後を為
年を歴て娛耶なる雑劇にて瀬川路考〈仙女なり〉が女の五人衍の狂言あり
し々稚枝鳩にもまゝ之是等のことあらず當時京傳の筆ありて此趣緒を會
得たる織錦と云浄瑠璃を淵に倣りてその中に何ぞも是を尽すに足らず是命
まさたまさき當時世有者言の稚枝鳩を読へきて系を入し周防山口の城の
段も城の兵皆饑て人肉を喫ふ段は當時流行の惨劇なるを是とも逆臣
陶晴賢の従兵なきは相違なるへしその時山口の城下はとく人胆を屠

る趣ハ本朝の人情にあらずとてあるへきにあらねど異朝の情にあはせかし
おもて戦国の最中にて右にいふが如く青官惨刻を欲ハ打あきハ時
好み縦ひしのミ然し青砥の死ハ実ありとも善悪の文の尤残りとめて
くし息津の良人曽郎常死ハ實ありて馬河渡に夜の遠録ある
惣に善なりしハ新奇にして青官指當詳ならん歎あり青砥か
ニ死を正對之かれど息津か復讐ハ斬に然るのミにして真の復讐
にあらずして其松か四人の魂を殺し意志ハ真の復讐にて溝湯虚実
又中まのいはせたるハ拙しかるし又家右衛門か手下なる南中織ハ坊ならん家九
郎左云ハ其松か顔を見ても家右衛門か縁故と見てたさハいて
危ふかりしを咏丸の神力に扶けられて松の枝を折落し中滝の中を滅のく

なるべし息津の遺書の奇なる事に介りて妙なるべし其ハ奇なり馬頭
鎖青の冥助にて馬に乗て三百の後より三百里を奔走し息津ハ馬
川源之助の救ひにて死せりと思ひし良人に再会する是等奇人
馬の名題之其の馬の中心一個冥福と仮縁あり作者の用意を知る
に足るべし蓋此稚枝鳩ハ作者尚未熟の時の作なれども今にして是を
思へバ明の旧作に勝れる者之其続太郎手る青太郎編堂ハ狂死の下を蒙くハ
稚なる珠をもいひ川へ沈なる当時作者の用心時好あしよりて善人の狂死を厭
ひしハ世の是にあるべく文化の季頃の旧作ハ間是ある事後悔者のこ
三と貶附を折紙て良医手成ると云ふ者語も其の拳に出来て又いふべし

○三國一夜物語　五冊

此の二書ハ今より四十年前文化二年の拙筆なれバ絶て忘れしを
讀かへして是ハ当時の一大佳作にハありける其第一回ニ義満富士を
見らんとて富士を諸ゑに下知の書の関目なれバいとよろし是今川恭範が富
士の故事を雑て富士右門が浅間照行と舞楽の試締ハ郷初の為にハ厭る
へけれど一部の要目にあり是眼の肴官ハ但作者の用意を知るへし
又富士右門が大亀の死するを救ふて是を海に放ツ是ハ第十四回に至りて
富太郎が夫婦が必死の危きを免るゝ伏線なるをしらバさらんや第二回に富士
右門が縁て目出度の金を借まく辭せる故に母が百両を五人五四郎に
不輸略せらるゝハいかにぞや浅慮の至り右門が人柄に似げなし勿論その
折右門ハ家に在らず純なきを證として中当と五四郎に預けつるハ常にハ

妻女の二字は本名なきをいふ是亦良人の意なきハそのあやまち右門に
あり今なき君子も亦禍のよる所千慮の一失なしと云ひしより口に
出す落命の係る新と知らハ深く慎めするあるへし是の下にも右門ハ尾張
浪士かくして家なるへしと思ひたちて樵子の大危を救ひ得て遂に娘婿に
なりし後ハ稚枝鳩なる楠縫九作の大地震の折あやまちてその子某松
なりとて福士の猶子譲吉亦救ふ後に禍相似てその中間ちかく
奇にして又まさしく妙なりと思へり是の下谷法の衚衕の閻魔堂にて深間太
右馬の花園意子富士右門を讐討せる時ハ射斎之助と焔硝（又塩硝ニ作る）
ハ割取して是も火薬なるを是地上に生していまゝ製せる物ゆゑの後
なへ記となりしとて青草を懸しける人有りそハ理編るて延緒を昔とせる

中謡の本意にあらで地上にある蝸涌が吹の移ろふハ形あらざるや
いまたゝめ只まほろしハ知るべしさればまことに素よりの吹業なるハ志の能
り設るのミ豈實にそのものにあらんやまた云々と理論せねバ假をも
て真にあらず本来ハ吊の夜ならざる處へ志の系設冨士浅間の武藝の志あ
ひハ伶人の桐花しからぬものなるべし戦國の最中なれバなしをまたか
らで継し村主兵衛忠義の豪傑なるに浅間に撃せしハ惜むべし
志の時桜子の人をつとふる為にたしめて太鼓の用何ぞ看官志ら
そと篤聞に見まくほへかし後に三雲の志の太鼓を弄て究竟に擬
所ハ謡曲冨士太鼓をも写して又太鼓の用あり花の桜木の太鼓に正對
之卯原の萩の花伴をも縮して冨士母子を毒殺せまく計るに及その

倫を盗人五四郎か食ひて自滅の段ハ善悪応報自然の趣ニして
愉快之長門下の写なる妓楼の段ハ是まての趣と一轉してしかしなから
しろし浪路浪江か身を争ひ風流の餘韻あるを見せり浅間か浪路を
走らせしに浅尾か浪江を殺させしハ于人の邪計看官の意外に出て浪路か
後悔させるにて是よりの富士太郎か吉備の中山にて大病の段ハ看官其ニ
頭痛ハ皆なるへし三蔵か自殺して桜子を励せし段ハあまへ忠節なるから
是よりの後桜子ハおそるなくて抱後て逆旅ニ就に良人をあつてあらそ
後雖言の段まて仮着疑惑の筆なるをよく見る看ハ稀なるへし腕脳
嶺なる所浅間か読取の段ハ老太陽の浅間を隠して卯原と十二
分に使ひてる目面に信徳尼か厳なる鄭を救ふとて古き待て来

してる燈心の如き徳をば称賛ハ志あれハ出家質気ありて善ハ悪心同しからぬ
との為遂に越しけり志のまゝ浪越ハ冨士太郎か勇才も要あることを知るべき
浅間ハ父の仇なることを知らずして身をまかせしことハ浅猿しけれ新て繋
れて孝貞苦節に為まさるゆゑこそあらめ貞にも婦なるか家覚絶滅して自侍ハ
神出鬼没といふへくあやしき故にハ忍（コスホレ）穂恐るゝを恐ハさて天狗の所為なるや
あらむきらんと思ひしの後冨士太郎孤島に漂泊して終に浅間照行等
を鏖にして播磨へ帰り日本の綾信徳尼ハ村主兵衛か妻老曽なることも
又浅猿しき数さまたる浪越は兵衛か老嫗か女児なることを合解せしめる
村の猿合妙なるかな志のまゝ二郎の七振中に隠れたる人あらはして出没評
なかりける要あるは例のまゝなりけり作者の用心をも知らるべし　兼附像

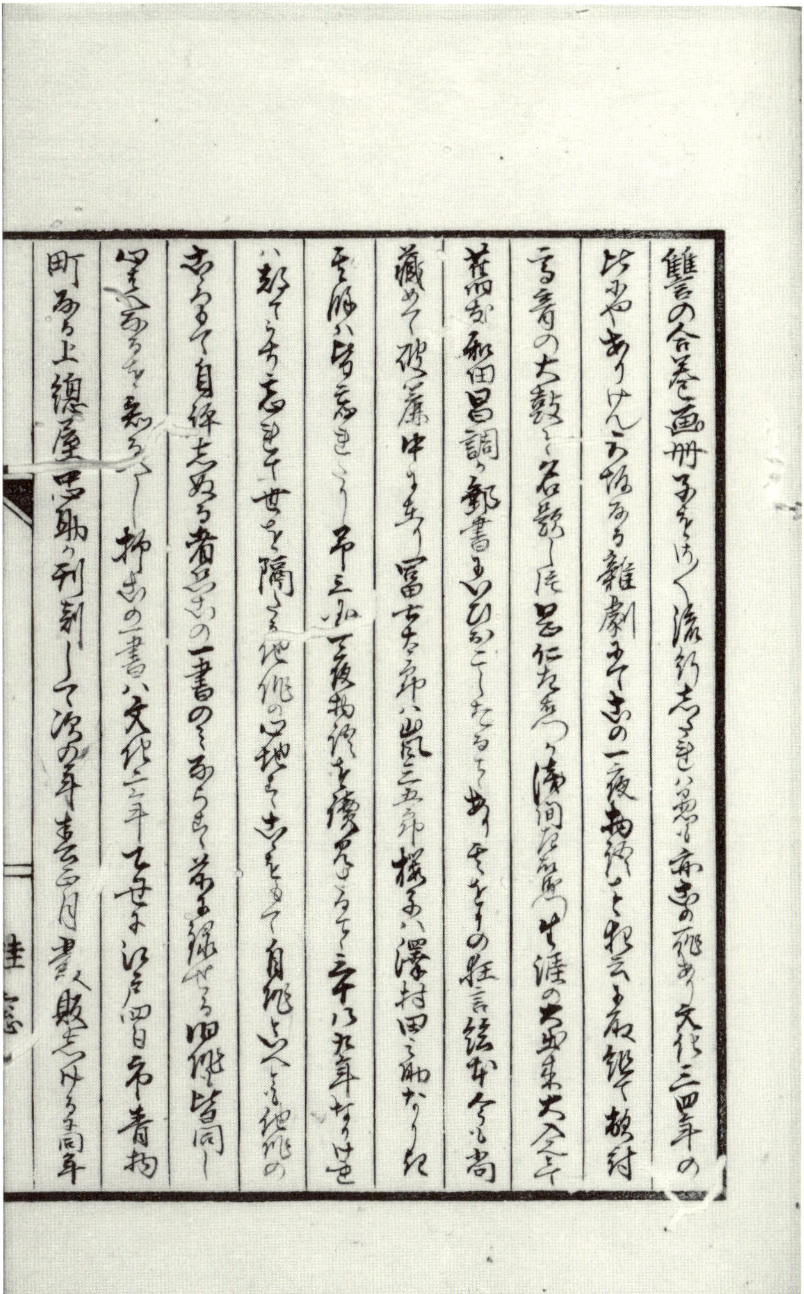

二月四日の夜ハ子忠助新嫁志くまとゐしの枝ハ当らぬ寿をたりけく
丁忠助ハ吉町に住居してありけるにやゝ程なく堀町なるに忠助又嫁
嫁して板をもとめてあへて嫁に紀ありけり　予か蔵板ハ天保七年の秋也
是をみて行方落にあらせたるを是を買得まゐらせしかハ是を予に
求めに得難けれハ厳村篠冊子に綴りて継紙して求めしたる者の在
八年未の秋子志ける物なれハ画中の無懸の書入多く且破裂して
海松の如くなるを篠子にまつらうら并修復して全されしをここに
讀せしうち掬足え図て文意の事左の編中情態を書写せり八
作者未熟の中に綴り丁数田各なるもあらせ高附板元の誂にて全本
五冊百廿四五丁にて綴られハ寔に此板に文中に但是なく

情態をつくさまくほりするハ是か為也執筆の秋蔦穢糊あるハ雖も

是を数へて知るへし又意にそ右の編中に載る名もなき者富士右衛門

并に其妻三雲右門か女児小雪石浪浜村主兵衛女児浪江是也

この四男女ハ忠貞孝義ありて枉死せしハ勧懲に害あるに似たれとも

皆己をころすなる所ありて各その死あり志をとけて死して其忠貞

孝義の名ハ朽す言ひつたへし惟嵐伝なる庚栗以下数人為相渡なる

者猶茶以下数人の非死死して後栄なる者と非なるに同くして論すへ

からす其情おなしく故に書綴なる故に今ハ常に読なんとする書賈等

再板に心ある好書なるを知らさるハ無るへし

再おもふに三雲の病中に陽腔して舊僕の来て告る時吉太郎か大病を

妙知りたるは卯原か手を見し時陽滅して浪路か素姓を妙知りたると
陽腔陽滅の相対するも又閻魔堂の瑞消と鳩胸嶺の高燈籠と更に
而ありて敵をと狙ふる反対之大の他尚ありさのミハとていふ其稀ある編の自
評ハ暑中の精なる所得意の思ひ得なきハ又蝶斉縁の如きも昔ハ焼枝
ろて作者の得意なるものゝ一段而後ハ及ふへくもあらねハその余ハ略
を畧して云々小巻とのミいふのミ右自評十三四編を上巻とす此后
も代作代筆の者のいとまあらんをまちて読せ妙て其自評してもて此
書の下巻と成すへし

天保十五年三月下澣

著作堂老禿

御翰并文子如諭御意ニ　御高君之読の上點老人ニ而ハ了簡在之候
御用相済候ニ付御帰便ニ御返し可被下候老人ハ御返し可被下候一讀後中子方迄
上返様ら何事この事ハ大切高閣之門何事も御掛合宜敷様ニ奉頼候以上

三月廿六日　　著作堂

篠斎大人
桂窓大人

# 拙作舊刻の物の本略自評巻の下

## ○月氷奇縁 五巻 十回

此の書ハ今より四十二年前享和癸亥の年吾か窓紙形のよミ本を編演せし初筆にて當时江戸の書賈等ハ渠らか物の本を刊刻せまく欲すれハ大坂の書肆河内屋太助にかたらひて彼地に刊附せしたり其書を画工流光斎に良筆の錦職直に任せたれハ校訂届りて誤脱ハさらん如意ならざる者多かりそか中に第八第六第九を第十にちりしハ今さら心安し若々し筆工の誤写を恨みの外ありしもの總ての中に多く誤りあり又ヤむかなきも誤りをなかつしに況又二の巻末まで画ける画工名を流光斎と久しく病臥にて絶にまかりたれハ河太剔に別人に画せたり者稿を刊刻する事関東で遂に三年の冬ハ経を経て文化二年乙丑の秋の中ら稍五巻を彫果て製本出しに程ら文金堂河太の主管嘉七ら云者江戸に来て月氷奇縁の製本ハ船積にせられけるに其船勅風に在覆して数百の製本水中に沈りしかハ嘉七頗る悔て急に大坂へかへり主人にこの事を告けて更に剞劂を求めしかハ此の年の十二月のに再度の製本江戸に到来して賣出しけるに思ひの外に時好に稱ひて其初の七百部立地に賣尽し次の年の春までに千二三百部賣れしかハ茶のハ價を補ひて猶利あり

ニ云習気なる是なるべし本のごとく流行して生作者の名をなしぬ今年にもあらく出ぬ一旦は賣べし
如此見るに足らざる者世には相應に名を得て鈍果けん文化の末には又名を他の杜撰を利
得る者縁によりて出る者は自許の節をまたて要なる技に似たるものも今はしかることもなく
知る者は何ともあらず筆のつゐでにいふのみにて同好の為にこれを示すのみ此書今は忘れ果
たる事も記憶せざりしが貧しき婦人に贈せられて又思ひ自評して以長き夏の日の日くらし
と敬せらる者の如し

此の書を月氷奇縁と名づけしは羽笙の寳石と倭文の明鏡と孝子熊谷倭太と才女三
上玉琴と一旦合離して奇しく再会したるの義なり云羽笙は山鷄なり又倭文玉琴なり玄丘
は白狐なり人明遠之劔を氷に比し鏡を月に比す是を一部の主人公とするときは奇郎分明なる
へし　○さて第八回に氷原左近が婢漣漪を疑ふて漣漪を責殺せし段は強悪惨刻に過ぎ
たりとも猛悪性急の人の上にはさもあるべしと思へるなり然は漣漪の冤魂盗賊石見太郎を引出して此
賊の身を以て報をなさするの如きは其の生始に罪あれども死後に至りて酷しき罪あり云ふに氷原左近を
殺せる者なり夫は中に漣漪の冤鬼その魁首なる又氷原左近が亂の印を奪はんとして漣漪罪あるを悟りて
後悔せしめたる段は唐山宋の時是に似たる事実あるを撮合したるなり又船来の山雞のゆかりも寓言な

れども應永中足利義満の時世にハ言はしてありそうなることなれバ闘場の出し物最もよし又氷原が
家夫上帝丹治が妻を諫めかねる條ハ只叱り退けられしのミにあらず出て八ヶ女命のなきと
いひし後に至りて出る丹治親子に一段つけたるハ作者の意外に出て巧者の筆とやいふべからん
○第二回氷原左近が前妻唐衣の病中に拈華老師が劍讀を授て後の吉凶を示せし條ハ第
十四回に能谷像文が實家石見太郎の首を父の墓に手向る時が拈華の石碑を見出して因果
の免れ難きを悟る時に照應し且その條に拈華を出さずして偈句にてこれを識せしハ作筆
にして最宜し偈句ハ作者の自然なれども其用意深きを人ミな感心せらるべしといと
をかし○是より先に三上和平が祖母を殺さんとせし段もその中なれどいとよし左近
が祖母を後妻に先だちて及びて後妻に像文に兩個の實家出来たる因縁なれバ當時和
平が怨言ありけれバ其馬脚を露して淫いたりし又石見太郎が數千兩の軍用金を
奴等にとられて獨龍が彼船來の山雞雉雄を識より引出して刺殺しけるハ素より要あることなれ
ども出さでハ何等の故とも知られざるを亦作者の用心深いかなく吉の山雞の殺されしに
よりて高貞誤り精して孤の菊名ありなんと思へり是によりて孤鴇の事を記るその事自然の如く
手いかにも妙なり○第三回氷原左近が後妻祖母婦唐衣の生さかれる將五郎を加担搜して家更

無間に偶せられて近江を退れ去。崖にて喜内ハ山賊の為に戦殺され衵女も既に危かりしを説
青堂の迯れて三上和平といふ者に救はれて己の奴隷とせらる大和太郎といふ者の為に落されて至
りて和平夫婦ハ吉野川に衵女を殺さんとの注文なりしかどもこゝにてハ其の機変おもしろく顕れ
ず死りぬて隠しく○此の子條より高貞和平に命じて志賀の山に衵女を捕へたる時に白鵝和平
の秘を求め和平もその寃あるを知りて報ひの衵女を射させたる敵に罪を主君高貞に入れて近江を立
去ることありて自然の如くに見えたるものハ難所も霊狐顕衵女和平の善因を以て詳
ならずとも倭文玉琴せよと現ずる譬ハ藤原左近その妻唐衣等がまりて羽倉玄丘の剣
読者に顕はすと相同じ一書の好結構にてあるべし是までハ右の趣向の発端也此の後ら年を経
て倭文玉琴ハ作意にあり玉琴か光顕まで倭文潔に顕る使是陰中に陽あり亦是
作者の用意をみるべし○第四回　玉琴年六歳の時父人に別れて遠く東路に
来つる時楨松寃悪忠の夫人（オクガタ）勝手御の轎にて退れ来その教を請ふ所玉琴
其名の由来を説くこと明白にて且松にて納言人の名を継がしむハ夫人三地に擲
捕ぜんハ奇談なれども其言語ハ常人六歳の童女に相応しからず実に是神童
なりけむか尤もなる事ハ故郷の名も親の名も覚えずして遂に至るにいたりしハ

ともかくや是等ハ作者の自由ニ出て女の應對ニ可なる所に似たり○玉琴膳が病床
ニ仕へて年十五六ニなりし時憲忠の長臣海部大膳是を養女ニ賜りて彼家ニあり
琵琶屋舗なる熱嶽漢文と結びし谷の調ありて悪饒のさまハ唐山の小説ニて間是
ありて跡なし有りし所あり去ニ至りて屋鋪境の群樹落葉せし男女たしめて其前
を認る作者なり艶中の艶とこの時傳を案じ人の氣持を知らずて玉琴膳か不養父大膳を忠
臣ならしと知る所の情態ニ出の良縁を結ひまゐらせんと欲せしとする哥寸の男女隠辱の深きと
免さで他作ハ知らねど吾ハ筆にいふにかや思ふ事なけれバかくて尚此文為の
し且傳文ハ憲忠の返羽なるに仕る奴僕ニなかりし四要なる人々とも従僕二人ゟ
あらし説も是等ハ作者の腔筆なりし○海部大膳が亡後なりて且此家の古ふ
溝わるさまい巳ニ返しと知らせて真を物し情態ニ除まくに欲せさる所ニよらくて餓しめし狼
のるさま家夫郷千里の内ニ計をもて撰行猫か弟を容山路ニ出し遣し彼狼ニ喰せ
たけるに狼にいさく餓て至て人を捉え故ニ此の計りをしたる細しく其狼ハ後ニ寿老翁夫
婦路の山中ニて追走せしめ其中の野猪と翁猪空華の正對ニ作るなれハ
彼をも傳文ハ猪の皮を以て養ハ人参翁ニ再会し玉琴ハ花の橋にて一郷子

軍内に於中に記序させそえしめて情節に相會す又是蒼い父義との再会と才子佳
人の初会と山水月雪の五彩を想し富貴玉琴ハ倭文ハ鈴杉に死を免れし再生の恩
あるを以てなりや松を蕪下いふにや今にして是を思へハ玉琴ハ倭文と任せて
身を任すを異日を契るよとあるハ渥斎に法ありて是也妙なる記に只時好に投疑
とのみ欲せしハ思ひ足らざる初筆なるといふべし　○第五回玉琴か刃に先りて郷年
軍内の奸悪を養ひ海部大膳に許されて海部か死に至えの一階とも事繋す也
て罪を他に負はせたるを玉琴ハ其害心を悟りて中わりけて君所に参りて膳
主水家に入縁事して去ることなれハ自死の如し海部遂に言領成氏に讒言し成
氏則憲忠を誅せらる此時膳か歳内其由を実録と相合ふかごとし倭文ハ海部大膳を諭
玉刺殺し玉琴と共に情を滞せず相衛して脱出てつれ路へ走る程吉野近江
山中にて倭文思ひ寄る白猴と獺に力を奪ひ取られ幸くして其力を取る之を豺に孫言く
共の獺猴後方よりて晴に倭文の助けとなりて西洋布の財嚢の中毛皮に白
猴猴の出し來るにいかてか寄ありて妻と女えを見る山中廬五天に於て主従艱難
のあ作ま出暮景の想見るべく写得てもとよ宜し跡雨月よ従二人辛くして猶人の敵

面前にて欺めに伝次が彼白糸紙縒のことを主人に讒(ざんじ)訴しけるにより竊鬼又兵衛らあらく責るや
ことを知りて縣る紀の境を走り去りしまゝ時に主人の怒り膳を蹴て白痴にさす故に衰
とを延ひ得て雪を凌く軒に立ぬるは後に伝次が父杏平治に両人の胸臆を見せんが為に伝次
は追ふ事を論んが為に途に立ち程に追ふは来るを見て膳を蹴前に相従ざることを数れ
せる衰とせの髪の毛を汀邸の片袖を見て膳を蹴前に白痴に其山賊に殺されたりと思ひ
惑ひて其身を殺さんとす扇の主人が前にせまる野猪の腹を御して思ひ又杏平治
に相逢ふて夫婦との縁又彼の衰とせの片袖が鳥の爪に野猪を惑せて輙く討
死んと為に志ぬることを又両個の婦女子は杏平治早く(順ハ)墓りて樹の下に在るを見て方敬
都て精細にて前宮の意表に出て看官をして旅の山中雪天日暮れ荒景写
しと聞ことを本伝中ではあるが其看ハ此地の峻嶮の馬前にて伝次が白痴の鬼に
両人の心を眺め得ぬ思の筆をやいまし　○　第二回　杏平治が膳を蹴て伝次が白痴
を倶にて宿所に立入り杏平治が妻刀自伝次の母の對面の中伝次則見ぬ滅亡の
顛末を二親に告ることなきは抑伝次は童年より鎌倉に部と
富心出心に仕へたることの顛末詳ならず素是槇杉家に何等の由縁ありや伝次が母が

四

この不縁ありしも彼が亭主十年来て遠く東へ赴く時所親に携られしゆゑ其命をうけし其の後
を二句もいはざるは脱筆に似たり然れども當時は看官も只管に看をいそぎて其の後年をしらずふる
まゝに吾筆斬新なるも少くありて瑣細のことまで漏すものは精粗生熟の時ありて
おのづからなる勢なるべし○第五回の評中にいへりしを漏したるは今にいふ膽を御
前逆旅の間倭文玉琴が情由あるを推して為りし勝物して彼等を夫婦にかへしかば
此の時に至りて倭文玉琴は共に身を堪忍をもて吉野川に身を投ぜんと志ある思慮之
○志ありける寿部治は玉琴を誨郭大膳が養女なりと伝知りて其野心あらん彼を陥
むとするに倭文に其を殺せと云時にその暗號を定め寿部治先玉琴を生せよ
せしく其素生を問ふに及びて玉琴が六歳の時に失ひて生死存亡を知らざりしなりし
己が女兒照子を童女と悟りて刀自共倡に驚きて悲しきも志ある倭文玉琴が同胞なる
ことを知りて後は悔恨めれども詮方なし二親郎房に入るに及びて其不宿
所を去りて吉野川に身を投んと志ける寿部治刀自ら膳に此事を負まかりて
逃れぬる物音に便りてあればは倭文玉琴は括草の中に身を隠して遊過せんと
志ける程寿部治刀自等は水際の松に脱掛る倭文玉琴の衣を見て悲しさに
寿部治意見に懺悔のありて寿部治權兵名三上和平にて刀自は秋原左近の後妻

祖母なりしを又石見太郎の手へ又和平が祖母と詐りて終に夫婦になりて玉琴の照子を生せ
しを又伝文ハ小石源五郎ぞ実父ハ則ち原左近実母ハ祖母の姉唐衣なるぞハ玉
琴と同胞なるを母下の縦夢どもなりしを又伝文が父の仇ハ石見太郎と和平なりしを
まで詳に説あかせし程に伝文玉琴に夢を転して枯草の手より走出る母いまゝの死を示し
祖母ハ和平に詐られしを慚愧後悔し和平を聊なびつけて彼母ハ早く母に代し和平も
亦自殺して共に吉野川に流れ死ハ妹背の池といふなる浄瑠璃の三段目を剽
竊摸擬したるを今更とも其文異なる也ハ看官心つかざるもあるべしかくて鎌倉より
膳手出来の迎とて桂松彦頭の家臣中村兵八衛為東川膳手出来を駕に乗らせ
て鎌倉へ走り行きり伝文玉琴ハ復讎の暇をねがひて妻り留るとあるハ其手廻し離
劇に似たれども是則作者筆を費し伝然縁なき也ハ許されべし但し伝文玉琴が松手織
となるハ主君恩賜の旧夜衣なるに彼をとりて蔵るを是をもて又和平祖母ハ伝文にこそ
恩怨相半するる者なれ玉琴には又母なるに其亡骸を携帯して葬ることもなし是當も上に
許せる如く今見るときハ疏文に似たれども当時ハ看官是を名る者あることなし是亦
てらす文里生の流行作者の精細をしらざるなり○第七回膳手出来鎌倉へ迎へらるゝ伝
文玉琴和平が旧家に逗留の程近隣よりも弔ひ来るハく伝文が亦村長等に事のよしを

五

告ぬるよしなきハ例の省筆に過たり是等の上にハ見えずとく當村ハ只看用の手
と旨としその孫女と思はせる故に、かくて俊文が眼病を療する功あり、獨足の乞丐が教によりて
白猴猱猴の膽をもとむるに至る、をかしからん、彼白猴猱猴ハ俊文が為に良薬になるべしとハ看官思
ひかけざりし妙筆にてありけるなり、又六田の老婆[illegible]しく繰り[illegible]人に白猴猱猴を売りて價五
十金に賣んといふによりて玉琴ハ縁に馬で[illegible]の旅客に売られて、合而両を調達し遂
く岐岨路郭に[illegible]ハ浄瑠璃作者なども見ゆるあつよし、これまで読めりけるなれどもからずハ
あらざりけるハ杜撰なり、と論ぜらるべくもあらず、是もて此段より卿も無理なし、思ひ出らんと大
りと思へり○第八回玉琴が旅宿客に借あずけて岐岨の馬に乗る故に玉琴が第
大強盗魁首の隠宅なると知らざりしハよろしき許しく思ふ故にはらすべし只若第
をなりて主人の情意に従ひまゐらせしに、主人弊をとりて逼りまして恩ありて麁児としてミ
く物を取らせるハ玉琴が旅銀の[illegible]終に金五の續を興ふるに及びて玉琴がかの庫主人を
究竟石見太郎んと竟にして妬罵りて色は言を續ぞ度ちの舟に投流せしより
及びて石見が怒りて玉琴をも斫殺さんとしたる暴悪の強盗なるにある玉琴ほとりの女
共にとにかくにて旅よりよりに女を挫折しハ列女の憤骨大塔の宮の侍女なりといふべし
この時山禾の牧笛節奏をしたる如きハいと宜しけれども文漢文なれば和ら記さば猶

看官飽ぬ心地せらるべし石見太郎か一奇事に遇ふて猛可に産業へ赴くといふは只其女の筆を
剞劂の首筆に画かれしや強盗の隠宅へとて大磯の主人に唐音他郷へ接する手村長か
告せして一文紙を書の手よせて見る事は無造作なるかれし是者の筆に於て旧弊の拙
なる所なり〇倭文か眼病を良医にて愈るとも玉琴が為には更に六獨立せし者の病の如
なるを聴きんなる所その中なる所は例の首筆に過たり〇倭文眼病愈て玉琴の音信を候
なるに使者は岐岨の馬に乗りて獨り他郷へ赴きて長もこちらと知るに初めて
其夕鳥大なる空屋に至りて玉琴の冤鬼に逢ふ是によりて
石見太郎か武蔵熊谷の辺なる新島村へ旅りしも雲丘の隠帚を知らずして精
妙なるかりて後に玉琴か倭文か冤鬼なるを悟りて菊の花を手
向て玉琴か自筆の短冊を得て古歌をもて久しき情景見てあるを悦し其詩句
のよしあしは但其末の縁ハ作者の自評也古人の
詩をも借用せられ当時作者をも詩を玩ふ故に作佳人の冤魂情節に通ずる中ハ
唐山の小説に間これあり是ハ新奇にはあらざれども此の一回ハ皆と看官と新たる
作者の用心といふべし〇倭文か玉琴の向んとて庭の井
を汲程に雲丘の隠帚桶に掛りて出ぬるハ自然の如しそして石見太郎か隠帚を取んとて

丹平を指とせしに紹出来り只霊狐の做す所誠に奇にして肯明之妙々○第九回倭文新島村
に到りて石見太郎が隠宅を尋ぬるにあらで知りて当晩客店に立入るに隣府渡浦に両個
旅客ありその一人は外に出て在らず只一人残りたる老人曩に倭文が大和なる獵人の家にて
題したる一個蒲団一個縕云々といふ詩を吟ぜしを倭文訝りて問まく思ふ程に彼一人立かへり来て
石見太郎が手に在りしといふ事ありて倭文いよいよ訝りて其来歴を尋ぬるに此の両個の旅客は曩に
倭文が白獼猴を売りたる獵人兄弟にて又は曾て永原左近に仕へたる上市丹治なるよし知らせ
又倭文が獼猴の價金五十両を良波女に遣しける時丹治其財嚢の両浮布なるを見て獼
猴を求る旅客は永原左近が孤なるを推して両個の児子丹蔵丹平に云云と吩咐て五十
金をとりてまく欲せしかども自殺しけるに丹治が急病にて死去しかば丹蔵丹
平は時日を遷延て倭文が伯母のかへさを待て蹤て馬方に造（イタ）る程に一婦人の教によりて倭文が武蔵
の新嶋に赴きぬる石見太郎が手にて詳に知りて丹蔵丹平は其本の地に来て先石見
が在処を指り其出張を知るに及びて立かへりて倭文に對面せし故湊合寄して女姪石見が
十人の中に在りし倭文勇ありて武藝に勝（スグ）れたりと見て身のあらはれて此の大敵を撃捕んと疑る
るを頃に今料定して丹蔵丹平の資助ありて着官思ひのみ果けて巻を捨てたち知らへし○此
可倭文丹蔵丹平は熊谷坡の辺に去りてまちて石見太郎が十個の従賊を従へて外より立ちをを

鏖にせし所ハ評すへき程にもなし　當晩坂上にヨタく蕉火を焼連ねて夜戰を援けしハ靈狐の
所為ならんと看官に猜せらるゝものあるへし　但しこの復讐を熊谷坂の邊にせしハ倭文か庿宅ある
地なれハなり　又倭文か本姓永原を名のらせて熊谷氏を冒さしハ本ゆかり永原か近き所あり
と知らせん為なり　且江戸淺草に熊谷稲荷と云社あるによりてなり◯第十回倭文仇を
鏖にして熊谷寺の邊なる酒肆に立より　所に出廝等倭文主僕三人の衣の血に染たるを見
て怕れて皆逃去りしハ其所也要ある筆也　加之丹蔵丹平か酒を嗜して在り程倭文かそゞろ
あるきして熊谷寺の墓所に造りし時料らすも玉琴に再會の縁ハその為に看官必寃鬼
ならんと思ふ者ヨヌ有るへし　志かるに玉琴ハ始より馬鞍に縛られて靈狐の神助によりて此酒肆
に来て侍婢になりつゝ且病郎の同主人の看病にあへりと云ふに至りて看官をしめて玉琴か
死なざりしを知る大奇々々　馬鞍に縛られ者なく歎紀して始なるそれ◯この時倭文ハ主人に玉
琴か病養の報ひとして金二十両を取らせたるとあるハ過たり　玉琴かこの酒肆に逗留ハ每三月
に過ぎさりし且その病中にも高價の藥を用ひたりとしも見えずからハ謝義ハ金十両にて事
足るへし　この時倭文か懷なる金ハ七八十両あり　丹蔵丹平か奪ひたる白獮猴の價金も
あれハその中二十両ハ丹蔵丹平に取らせまで穩當とすへし　假令ゝさんの兄弟忠義の心
もて推辞するかゝ　他等か飼獮猴良業になりて倭文に功あり　又丹蔵丹平ハ復讐の

併に在て忠あり功あり倭文当坐なれハ此二の報ひせられハあるへからず只假をもて眞とこそせ
に似たることも当時作者の思ひ足らざるを許せるのミ○其の夜靈狐倭文か玉琴か
夢に入りてこしかたを告る段昔志賀山の狐獵に三上和平か情によりて千百の眷属と共死
を免かれし中其後報恩の志あれとも和平ハ隠遁の不善人なれハ姿をあらはすよしなし
なくて倭文か玉琴か為に守護神となりしを又玉琴か身をあやまて石見太郎の妾となる
時靈狐早く玉琴か身に化して馬籠に造りて玄丘の贖を取り如へし胡意(ワカト)石見に殺
されしと思ひせし中白狐神通を得れハ剣櫝を惜ませる事まて説示せしハ尤早し其の
夢の告によりて世ハ靈狐の徳ありつれとも且石見太郎か為に鬣果されたれハ馬籠をもて假玉
琴か石見に殺されし場郷を後楽に為りて後の志あるへき所ところて其の夢の告あり是か同の
大関目之○母苗の答か白猿と志賀山の白狐と正対之何となれハ白猿ハ神通なかりしとも倭
文か眼病の良薬に求めたり倭文か眼病全愈せハ仇を撃んことを得さるへし又倭文ハ其の白
猿によりて丹蔵丹平を得て復讐の封助と争ひされハ白猿の大功徳白狐の冥助と伯
仲する者宜しきを思ふ者称すへし○倭文石見か首を挈けて玉琴并に丹蔵丹平を将て
近江へ赴く道中彼馬籠か為る空屋に宿りて假玉琴か本れしを見る段に最に倭文か
挿(サシ)たる菊の花爛漫と咲乱れ牝牡の白狐穴より出て倭文を見て又穴に入るとあるハ懐旧

の情意の二件の白拙ハ素よりこゝに摘へ難きものにあらず又其の后に和合酒屋の事なとを
いへるハ附会せし趣向なれハ也○倭文ハ宍戸家石見太郎か首を又永原左近の墓に手向
る段に中央に左近の墓あり左右に前妻唐衣と侍婢漣漪の墓あり又拈華老師か
未来を示さん偈碑ありといへり昔左近か預る所の軍用金と船来の山鶏を失ふて彼か
枉死せしかハ罪を後妻に負せ且其折後妻祖女ハ獨子涼五郎を抱て亡命して
大和へ走りたるハ彼家絶断の論なきを以て右の三箇の墓表ハ何人の建たるや　拈華の
碑あるハ彼老師の建たるなれハ果して拈華か建たらハ漣漪の寃魂も薩て成仏すへし
抱とも此文に是等の事一句も見えさるハ必漏したるなるへし其事を書ハ脱筆ん
○倭文作る本高貞に見参し褒賞を得て奉仕を辞し再会を待て鎌倉に帰へるに
及ひて横杉虎頭罷用ひられしもその後再会三男二女を生ミぬ長子某ハ佐余
家に仕へて一城の主になりの足利殿にも召されて戦功多しといふ倭文か後栄実も
あるへし但し其結局に舟蕃舟平のことを以云ひ是亦作者の脱筆ん益舟蕃舟ハ文舟
治ハさしも左近を諫めて入命に至りしかも素より忠義の心あり且舟治か兄上舟春ハ
祖女か近江を立去る時山賊と戦ひて戦死したる忠僕ん况亦舟蕃舟平ハ倭文か復讐に
大功あり然ハ倭文か家の老僕にして且其子孫富栄あるへき事を漏したるにも備にせさるなし

八

作者初筆の蹟歯々て看官飽ぬ心地すべし
著作堂曰上にも言ふ如く月氷奇縁の一書ハ吾半紙形なる物の本を作る初筆にて亭帰とも
いふべき大筆なりけれバその文いと拙なりけれども一部の脚色ハ新奇なりけり是より先に稚拙なる
を傳せ始めし時吾おもふに如くはなしと思ひハ猶ありけれども此の後吾作れる五六巻なる物の本
の内中にも月氷奇縁に勝れる物なし惜いかな其文只讀書の人の為にして婦幼の
為に苦しからぬ物ならねバとて唐山なる俗語を國字を交へて書たるが如し故にその中
ハ見ぬ抓ろなる書き流しも交ありて且詩句をさへ載たるハ学して知ぬ技にして無門関
の頌に不遇詩人勿呈詩とあるを忘れたる也譬ば彼毋蔵毋乎ハ獨人なるに係文の詩
をよく讀得て是をおもし又熊谷なる酒肆の柱に揚大年と丁ふの聯句を掛るハその
人柄にも田舎酒屋にも似気なからぬを作者一時の遊戯にて今見れバ僻言なりけり
し此の書を八犬傳五六輯以後の文をもて綴り繡像を國貞に画せ筆耕を谷金川に
課せなバ拙筆中第一なる好書なるべし又意ふに今流布の月氷奇縁ハ再校なる
べし舊刻本もて此校せるに画も筆耕も異なれらざれどもぞ或ハ本文の上にあるを誤り
或ハ傍訓にも忘し或ハ誤字あり舊刻本にも綴字誤りありとも再校本ハ特に甚し
意ふに先板ハ既に磨滅せしかバ再板ハ俗にいふかぶせ彫にせしなるべし吾蔵弆

此書ハ初板なりしに九ケ年前故ありてあらずなりしかバ近曽伊勢松坂なる一好人に就て
彼地にて求め得たるハ先板なれども貸本也の志有る物なれバいたく損たる上に第六巻
の十六頁脱簡なれバ又江戸にて一本を購ひ得たるにそハ再板なれバ損じたるに至りて
前後二板あることを知らず後の板本ハ誤字謬刀の多かる事を知り然バ前書ふ合がく
此の書跡ハ文字より漢音に読まる所あれバ婦幼ハ解しがたかるべきに今ふ知りて猶世に
行はるゝ御趣ハ新奇なるハならん然るによりの後年々に思ひしと凝し遂に自得して看官ふ至
漢なるも雅なるも俗ならぬ體裁をさだめ得て一己の氏を為すべきに至りて古人ハ皆忘れ
しを茲年来より婦幼に讀せて略自評を書るもの十隠棲に居る今年に三の
月氷奇縁ハ吾初筆なれバ愛思ふよしもあれど略評せしハうちもおもはず一同無漏
ましてふ無用の辯をなせし者ハ異日の遺忘に備ふべく同好知音の友人に見せまく
を厭らんとせし是併長短日の徒然を醫するのみなるをもなかなるかまみなるべくありける

天保十五年甲辰夏四月念三芒種後一日　七十八翁著作堂自評

路子受教代写

石言遺響　五巻十回

此の一書ハ當時の板元中川新七平林庄五郎の需に応じて文化元年甲子年夏五月脱

九

稚き月氷奇縁に続て吾妻錦絵物の本を継ける第二筆にて月氷ハ書生蕩婦
細に解すれバ新ヨスの事ハ其ひの體裁を易て詩句但見えし者あらざるとも其波瀾
曲折の文あらざれバ後の事を記しぬ不足なるのミ本ものにも皆其のたるを婦女子の通ぜんにも前のくハ
件々皆よりうまくあり中夜の中山夜啼石の中に其それの錦の中ぞそぞの雑話の事
而しかハ宮くより縁談ありて其を略記せる者を彼地まで刊行せられる者稍多くあり今出の書
中譲く不ちあらず思ひ見て新奇なるにあらざれバ又雑書を思ひ見て今是を見
是ハ中年の作として但第一編に非違司菊河にて俊基宗行の冤鬼を見ゆるに後醍醐天皇
長除の後ハ忠臣節に死したる者の事跡を思ひ出さるゝ故に載畢を書に引きたりとも
俊基の冤魂ハ雲霞の如くなりけり宗行の冤魂ハ女人の事にあらねバ障碍をもなさんといふにハ
それや俊基ハ当今の忠臣なれども死後に其事を思ふの故か死西の紀にありて羅郷民
を残害せざれバ此ろうまくし況又中納言宗行卿ハ後鳥羽院の御時に隠謀に預りて
北條義時に刑戮せられし忠臣なれバ後醍醐の御時に至りて女人に崇りて障碍をなさん
といひしハその説にあらず是ら皆の事ハ一部の関目なれども畢竟無理なる趣向也　又第
十編春本傳内が纏帯の後に出家して右少弁俊基朝臣の菩提を弔ひまゐらするの文字
行郷の中ハ一言一句も所よりし是等ハ作者の疎漏也　○第四編ハ字の前に嫌似也

月小夜嬢を欺きて計りて良政卿と臥房を共にせる夜ハ自畧を描へと節ハ唐山にありしと云て左
傳に見えたるを撮合せり◯第七編ハ小石嬢良人春木傳内の逆旅の留主にありて淫行
の獄を整へんとて身を妓院に賣まく欲せしハいかにぞや此時小石嬢ハ懐妊して八月に及べり是身
を賣かたき一也且良人か身の良人に告ずして身を賣らハ母に孝ありといふとも婦道に違へり是
事の成難き二也是二の故に小石ハ路の人に病臥て思ひき阿高業平に殺されけり此時小石嬢
狂死の中ハ本傳第二の百年へ何ともあらハ小石の母月小夜ハ世に稀なる孝女也きとて父の為
に十年苦行せしといふ本意を遂ず三十三歳を一期にて蓮の露にきえけりしハ不幸也
命薄也へし本傳中の人ならハ只其死と楢原の一編也とするに其女児小石嬢を本性純
孝月小夜にして母の遺志を續まく欲して反て強盗に殺されしを今思へハ勧懲の為に
宜しからも今とても小石狂死てその夜早より赤児生れ出ましハ斯そにて観音の故事合へり
是也とを得まるもの今にして吾わが作を悔むハ小石の狂死ハ実ならで画幅の観世音の冥助也
彼身ハ土中より尸解して深山幽谷の中にあり両三年の後又世にありて春木傳内と偕老の契
あるものまた玉衣ハ傳内の側室にありて前文の如くならハ全美ならまし善男善女の狂死ハ勧
懲に害あり況小石の如き二世の孝女なるを假令身代りのもの亘復せるとも必報せへからる者也
且阿高業平はつかに小石嬢を殺さんハ彼懐なる金像の観世音を盗み金になさんと思ひ計りたまわらん

この觀世音月小夜姫の死ぬるにハ刃折りにて御首を失ひぬれバ惜むべし業右衛門に圓金なり
と思ひて殃あらせざりしハいかにぞや。是等ハ理義に稱ひて當時思ひの足らざりけり。作者の後
悔あるの七編にあるのミ。○業右衛門が先妻嬉なる音兒八五郎が純孝なる父の悪事を諫
めんとて父を諫りて非命に死せしハ岩蔵の枉死と同じからず。八五郎が為[illegible]して枉死せしハ
及て勸懲の為に冥し方字の形の鑿説女兒の枉死も是に同じ。共に沙中に出る波に逐
ふ者也。又八五郎が遺愛の笛の音に業右衛門が耳をハ云云の歌にゆかりあるとあるハ古き俗諺に
相似たることあるを借用したるなり。是つまり其笛ハ春木傳内が身に着しより竊取をるとあるゆゑ
りきわけしハ八五郎が本意なりとも是業右衛門が積悪の冥罰にて第十回宿河原の
條に業右衛門が此の笛の音をきゝて是を傳内にかへす故に岩蔵の仇と知らずて傳内殺を
覆せしめるハ孝子遺愛の笛にて父を殺せし婦にあるに似たれども是則天の冥罰にて孝子も
父を殺ふてをも知らず及て敵の幇助をなりしハ又是勸懲に於る所看官よく思ひ得べし。あるへからず
またかれハ業右衛門ハ憶ひ至して甚しく八五郎を殺しけり。八五郎ハ又遺愛の笛をもて父を殺せ
似たるハ因果の免れざる所。孝子の遺念齟齬せざるにあらずて看官作者の用意を知
べし。○三位良政ハ光る職治の功あれとも其の性ハ足らざる人なれバ下字の兄ハ
計らずて賢妻月小夜を殺し両個の初見をも失ひまたり。昔後漢の顏蟲ハ被吹纏し

かりし時より妻あり志のぶを光武其姉をもて妻せんと宣ひし時宋弘是を推辞て糟糠の妻ハ堂を降さずといへり良政既に結髪の妻あり且小夜の中山にて對面の時近日迎へ取らんと約束したり其後後醍醐天皇良政に兇賊對治の賞として官女の某を賜ふ時良政辞して結髪の妻あるよしをまうして宋弘の某を引たる所にその故事を引て論じたりしかその義にはあらず是ハ當時作者の思ひいまだ足らざれバ也○良政の家事いたく乱れたる世にも忠臣楠主計政元ありて賢良政教を守りて吉野の白王居にましますにあらで政教非徳を恥て致仕隠居し且紀卿の杉といふ小夜の中山寺に参会して謹慎の供中奇事に逢ふ段ハ作者の用心ありて書せり良政出家の事も亦勧懲の大関目となるべし○當時画冊子に復讐のみ流行のさかりなりしハ愚老も亦此の拙作あり所云月氷奇縁　稚枝鳩　三国一夜物語　皆是の類也是の石言遺響ゆゑ筆耕の誤脱多かるに就中備訓なとは甚しき誤りあり當時吾校訂せざりけるに本書原本にも遺したるハ吾なからいと怪しと思ふ事也四十餘年の非を知りぬる甚しきものにこそありける

○勧善常世物語　五巻十回

この書ハ石言遺響の後に著したる年　文化二乙丑年春三月稿果てを書賈柏屋半蔵か刊刻して同年の冬十二月發販したるを猶のこり三年丙寅春三月四日江戸大火に此

十一

板元文溪堂亡して名跡のみ残りける極て書肆死して其子若年なれば店衰て活計なかりしハ
文政中の事也とぞ　さる程に大坂屋茂吉と云書肆彼板株を購とりて板を買とりて作者にハ告
けもせずに戯作者長原亭（為永春水）に課て綴らせたる二巻の書画を新しくし再板して
全書に献し如く人の目を為しのこれハいかなるやいまだ知らず吾蔵本ハ初板なる
を帰邦に濟世でうちせくわ例の撰脱なるもの備到の遠ぬハいちんかなわぬてわれを
と謬りたる者多く有し最初吾校訂の届かざりしを後悔の外なし皆云してとこそ
濟世でうちせくわ月氷奇縁の姫新本ハ見らねども勧懲正しけれバ尽足
就中第十回なる雪中の竹の本の段ハ書ざまもよろしくて吾なから甘心せられ常世の孝
水忠議白妙が貞操孝義始終よく融りて至通り足とも以をもて不慈不善なる養
母の巻ハ最後悪意を悔る所て善母となりて終りを取たり是孝感の致す所なり
因て書肆者（名をと）勧善常世物語と云　蓋孝世が徳よく郷党化しと　不慈の養母をも化せるの
ならず有官も亦感化して翼然の域に入るべし　便是勧善なるべしと云しなり
（後
て懲悪を主とする者ハ彼両多人陀羅太源蔵太箸が隠慝の悪報ハ姑婦挟隘が
怨霊の致す所といへども実ハ天其積悪を罰して後の悪を懲すなるべしされバ善を
勧るハ人に在り悪を懲すハ天にあり故に書名に懲悪と題せざりしなりその懲悪ハ

勸善の中に在り是作者の深意なるを看官悟り得ば妙ならん欤其一ハ胡意禰氏
佐野の舟太郎負常那須野狐獨に三浦助に従ひて妖狐玉藻の首を斫しより悪狐
の怨靈三世の子孫に崇をなすと作り設て是ハ釋書に載たる源翁の傳を撮合
せたるハ婦幼に解易からん為に因果の道理を説示せるのミ作者の本意ハあら
ず唐山なる稗史中水滸をもて此の大筆にも作者の深意隠して悟りがたき者あり
當時人に勝れて好みてよく見る者にあらざれハ秘腱を窺ひ知ることなし○第二三
回に千巻が鹿なる梨子の曲をつとひし蜂を引て常世を欺き掃せ甚く正常に疑せ
て常世を讒倉へつかハし憎地に殺さまく計りしハ晋の驪姫が申生を欺き計りし故事
を剽竊摸擬せしかども具眼の看官ハ知るべし讒るハ晋の太子申生作者の意ども
父を思ふの故に自殺し常世ハ死なずしてその意を全くせり正常も悪に与へとも常
世に逼られて其子と鎌倉に遠ざけし故に是も亦勸善の一端なるを知るべし○つゞ世が
白妙をたつね拘ねしハさる事にて第四回に足柄山にて常世白妙が奇遇ハ自他の如くにして
無理なし此條ありて白妙が義烈忠あらハるゝよく見る看官ハ作者の用意を知るべし○
つゞ世白たへが段九郎が家に寓居半年の後三浦泰村の首の中より段九郎に疑はれて夫婦
猛可に立去るより途中にて段九郎へを懲らす條ハ自他の如く中で無理なし實に常世言

なり○本傳中にも奇事ハ佐野の正常の老僕周六と白妙の実父印旛二郎真守なり
しものハ第四回春神社の段にて真守白妙父女再会のおもむきに於てあらハる看官思ひ合す
なきハ必ず指摘すべし此の他の新奇ハ源藤太が家僕均九郎の事なりそハ第下に
自評すべし○第五回以下ハ源藤太が妻換霧の事并に久日長者陀平太佐野
源藤太後妻緒ゟ源藤太が三綱の子女の事陀平太が家僕衆助源藤太が奴婢
楓の一条を書つゞけて隠悪の悪報一家死亡の顛末を写したりその中に婦人霊二魂ハ左
しあ人魂をうち買ふなどの一話説ハ天明中に江戸にてありしことなるを借用したるなる
此この後十と五年ばかりを経て皿々郷談を作る時にも自是ハ人魂を買ひたる事を載す
其の中頃の常世物語にもあるを早くここに書て出せしなるべし又源藤太が新参の家僕均九郎
の二まで内の奴婢物怪に怕れて皆離散するまでも猶留まりて立去らずよくよく主人に仕へ
を思ふなしと思ふなる仮りに當説を喜ことを利て源藤太を負せ金銀衣裳などをうばひ二疋の馬に
駄せて逃去る段ハ看官胆を潰すなるべし○第八回につゞ世故郷の函裏を真守法師に
傳へんとて白妙を将て佐野へ入る中途騙賊に白妙を奪ひ去るゝ段は常世物語にその同
然なる二賊の密話を立ちて彼騙賊ハ源藤太が家僕均九郎なることを知らせ昔鎌
倉の御所に夜陰の御剣を窃に取りて迯去りし盗児ハ今この均九郎なるよしを

ゆゑにこそ先に二賊を斫仆し遂に均九郎を生捕て養母の首の為に竹鋸の刑に行ふ
趣ハ看官思ひかけざる処新奇にて愉快いふへくもあらず第十一回に佐野正常か部領
を失ひしハ花城か佩剣紛失の旅客あるを出し至りて其弓の結び成奇にてよく掛たる
故に時常世ハ均九郎の事なりとて書つけて刀に附る一柄をもて紬の袖に逢ふ節ハ第十回
に時頼入道既にその書面をとり上て委しく常世か大切を知りながら有る仏縁之〇九回十
回ハ常世白妙か貧苦の中に老母か養に仕る孝義の心操写し得て最宜し雪中鉢の木
の趣の自評ハ既に上に見えたれハ今又いはず白妙頭髪を剪て金に換へ質にと換ふに
至りて最明寺殿黒髪山の賞あるが如き下野の名所なれハ折竟して最宜し常世
鎌倉に参向し最明寺殿に見参して本領安堵の段まで謡曲の趣を摹擬して
謡曲と同からず作者の用心ありと見えて妙なその後常世級眉者月わたりへしたるふるよ
商人及段九郎を帰せしめて禄をあたへ取らせ又直に中法師を下野なる新寺院の
住持になしたる如き例の本伝中の人物をこと〳〵くさはきて一團圓結なる
至るまで書盡せり作佐野源左衛門常世の事ハ古記にも説あるありけん謡曲に伝ふる所只鉢
の木の一編のみにて虚實ハ未詳ならず然るを本伝に三世の父祖より写し出して五巻
十回の物の本に成せる夢中にハ義を説に紙筆をもて善を勧め悪を懲すは善巧方便なら

十三

んかりし當時思ふ拙策ハ月氷奇縁石言遺響稚枝鳩なと甚類同しかも趣ともに就中
あの子世拙有りハ今讀世俗のために一事も雑志へ破隠なし自誉ハさしも烏滸なる
愚ハ出かしけりと思へり

◐標注園雪前編五巻十三回

此書ハ文化三年丙寅秋書肆麹町平川町なる書肆角丸屋甚助か需に
応じて作り稿しハ夏四月の比なり稿ぶりなるに秋の末より故ありて書肆甚助と絶交せ
しかば故に同し年の冬刊刻成りたりへとも辞して校訂せざりしかハ誤脱少なからず
の矢猪抄も出しさるまヽにて四年丁卯春正月書肆甚助發販せしより
既に三十八九年を経たり彼書の中も吾著書なれ又見ることもなかりしかハ皆忘れ
たりけるをこたひ讀せまヽにたちかへりてみれハに先しあて其ハ大田南畝を論じ巻毎に頭書
して畧注あるハ作者一時の遊戯なるまヽとも今思へハ多事なるもや注せさりしとも
婦幼のよく解しかたき字あらせ唐山なる稗史の例に倣りて鼇頭畧評なとを書き
示したしかもの気に合はせ吾此非を知るの一つの注者魁蕾子といへるハ未生の人にして戯に
名を設けたるのみ思ハ戯墨の弟子なる人也寛政以来文化中まて拙著の序跋
等に魁蕾子とあるハ蓋未生の人なるを知るへし今にその畧注の中に如く見ゆる説あと
思字

ハ寒し記録りて古歌に花の香をとふなどといへるなどもハいと〳〵同意にて思ひ出さるゝ也
なるべし是等の評注ハ今はた汗顔に堪ざる者也　吾旧稿ハ初刷の全本なりしかども九
々年前に失ひしかハ去る三年前購求めたるを今婦幼に読せなどする時ハ文字をみて評あら
ず或ハ磨滅して読続がたき者を稀に遑あらば就中要注ハ磨滅せるを補ひなどせり
刷もの届かぬ所あり且其文全部ハ稀なれども今尚行ふ(ヨナハ)ハ此の書の僥倖と知るべし
へからん○文政五年壬午の冬十二月京都三条通柳馬場西へ入る書肆近江屋治助と云
者売買の算帳の為に江戸に来り都下に月の七日に山崎平八を以て吾著作堂に訪来
て且いふらくその主の旧板ハ曩に歳巳に角丸屋より購得て今尚摺出しぬとて看官後
編を遺恨とていふ　続作ならんやと云今ハ板元も別人にて其助既に没したる也ハ
いかでも続いてあらん禍とも　当時吾戯墨繁多なる也ハ遑なきにかこちし如く既年経たる
回悦ハ流行に後れたるも恥ぢずもありけんを今はた其の後を続んハ本意ならず稀には生ずべしと示
くれかりをも待ちまゝ論して続んハ受引かたかりしとかく去る程に天保の元年やありけん
かくて治助ハ身まかりて其の子父の為に板を沽却して程に其旧板ハ大坂心
斎橋筋順慶町なる書肆河内屋茂兵衛が購得て今も猶多く摺出せしと聞えたり
吾旧本ハ何某が摺出せる新刻本なる也ハ文字の魔滅破損なとも多くありたるなる

十四

見へし是を併せのせ本文と是の書の由来を畧記して後の話柄にせんとて漫に
代筆を労せしのみ而已此書前編のミにて後編なし、その故ハ且刊本に誤脱多かりとてふ
をハ錯乱あるハ痛く憤りし比作者板元角丸屋甚助と談合して校訂せさる故なるを知る
○此書新落窪物語に本つける題号に落窪の名を借用したるのミ聊かその蘿結構によらす
も自序に云ふか如く宮稿に翠翹伝に倣ふに似てその中間しからす又玉の方落窪母并に
寺の境内に潜居の段ハ所謂書にいへるか如く西廂記（セイサウ）を摸擬せしなれとも亦その類異なり都て
当時ハなる大儒とけ述とも中年の作也但し当時作者の筆届かされ或ハ構思齟齬なしとも
理義合恰ならさる條を自評して多く是をあらし草と名つけしと例の如し
○中野少将秋光の前妻安滋江の前媛姫の故に病中物狂はしく成て庵の井に身を投しとする段
宗高親王玉の方を中野少将の後妻にせしとて又秋光宗高親王を諫めかねて出家隠遁の
事ハ後に至りて玉の方落窪清水寺の境内に潜居の仏縁も是を生てその文殊界にてその
崖畧を演しなるへし○少将秋光の子息實雅と女児落窪と虚實をとりかへさる着想の辨
ハ新めなし似ましとも作者の意衷輪廻應報の理を説て婦幼に解易からせまく欲せ只
その一書のミならす文化中の拙作にハ輪廻をかけて説きたるもの稀なる文政以後ハ甚しからす是を以て
よりても拙作に新所謂度の趣ありしならむと見るへし○清水寺境内僑居の段ハ落窪書

写の普文品十五巻をちりてある經机に積のおし是を眞垣に申さして本堂に詣でく観世音にまゐらせたまへるその經文ハ一毫違ひ給て園部右衛門佐頼胤の手に入りしを知らせ給ふ深草の院に至りてその經巻姉伏の赤縄のなかハひとまろし但薄雲ハ世を去りぬ十か女之よしや久竜なりとも彼經巻を晴なく机に登し大事くせし其頃に申さすなハいかにぞや神も色まめてとも脈絡なとうちかけてとあるべし當時拙筆の精細ならざる所あるを多かり○備後松主が実稚に倡して主君秋光の去処をたづねんとて紀の路に趣く所ハ作り拵ると見ゆれハ論なし其の手理義に似たれども何となれハ松主孤忠にして主の母子女に仕ふべし玉の方薄雲と姉貞頃と嬬師孫十郎にうちまかせて護りなば逆旅に趣くともあらず況文紀の路に其實稚盜賊を撥さらひて遂電せし時松主是を為るに追まはさんとてたのまず遠ありへ立入りて玉の方にいくと告ぐ出さんハ面なしとて松らに盜賊を捜さん為紀州に赴く不親許と仰くとあるハ論なり抑かくて八松主ハその忠順しあきとも智ハ足らざる者なり只松主が智の足らざるのみならず當時作者も智の足らざりし也彼時松主ハ實稚を為第て且旅中に病猛にかかりてうち斃てありけるを見てたえからまず紀州國北の庄なる叔父石室初平六が其旅宿に泊り合せて彼者の趣意を知りて是非なく松主を[illegible]にうち合せて紀州へ將て行とありけるハ是已にそをとどさる所出て松主が玉の方薄雲の安危

十五

在卯中にて只破眼の為に疑意みゆる北国へ赴くには備ふべし◯是より先に伏見の湊に栗門佐
二郎が妻汀井女の子を生みける歳月酉の年酉の月酉の日なる故にその女児を家鶏と名づくと
あるは後に至りて家鶏が竹の蔵の鮮血又佐二郎が眼病の良薬になる纔に深く伏線家鶏が生
来たる縁なる故に看官おもひわきて後に何その用になるならんと思ふにもあるべし◯佐二郎
汀井が義に楚足手夫婦疫鬼（エヤキ）の為に被らる罪を責られて焼殺されし その次佐二郎夫婦の
哀れなる訳ありて共に死ぬべくおもひしより奇異なる童子に救はれて云々と示現ありし中
その後佐二郎汀井時疫にて命危かりし中佐二郎童子蹇児（アシナヘ）なりて親子三人伏見
ちまたに乞食して中後に至りて皆是鳥部野の庄の観音に志有しとも佐二郎の義に被童
手の悪事を云ひ出しに酒米にも過ぎたる楚足手夫婦の隠慝佐二郎が不幸の余殃にて是等の
鬼責あるは朝坂法たる貪賤師門などの奸悪人に是等の祟なるはいかにその疫
鬼の庄は作者の自由になる甘心あらし左の疫鬼の事にて佐二郎時疫にて腰ぬけとなる
故なと軽くいひくそ為てなくし皆怠ありせむと底深く作りなせる故に自由の筆
中出来たる具に編に霊夢を説き三四歳に及びたるしめ小野の将軍秋光の首に兵の虎
の頭ありと見て実稚生まし其後又義に家の内に見なりと見て落涙生ましたりと云ふもあり
今又佐二郎夫婦が病厄の書あり後に到りて落涙の義手に中野小町前後の言ふなる

一段あり何ぞ靈璽の多紀や皆是當時事に約束あらせんとて作り出したる稚着の嘴（クチバシ）黄なりし故也○深草の後の契りの段に篤宣姫園部左衛門佐頼胤と邂逅の時曩に失ひたる一巻の書文宮婚して妹伕の約束を志はらやは奇にして耕といふべし其段男女の色情は勿論ならばこそ密通野合の心なく異日妹人を妻して娶らせんとてこそ契りしはたのしみて婬せざる關雎（カンショ）の和に足相稱ひて其の婦女子の盟誓中にも要好く吾かゝる段を作るとも此外あらじと思ふ而已　但篤宣と二人の美人之真は頓也亦年若き婢女んとやせん先祖の墓参なりとも道近くらぬを合ふ　卯八は心を知に似たり孫千代を倶して乃至其の娼かやらん子女主従のみなりは稚着自由の筆に似たり　さりとは稚物語にては切なりの中は許さへし○深草の[illegible]段に篤宣の墓は小野の小町の[illegible]を告て且若き思ひ懸をて種々の艱難に逢ふに纔かりを説諭まりにては是約に過たり況靈璽の事に限らずなたへ[illegible]この[illegible]告けあらせて篤宣種々の艱苦を嘗して心烈苦節のあらぬ[illegible]後縁に諸厄解けて大團圓に至る時たらしめて小町の後身なるを悟るべしあるに似たは稀宮筆にてヤシヤといへし○実稚紀の始也て逐電の後浪華にて其分そのたまへし游用を使ひて甘んじて[illegible]究家師門の屋鋪に至り且師門が為に密計を志めし合して妹篤宣を欺ひて師門に妻せんと欲するとその後云々の披露して葬す

十六

色

命ぜられし紛野の乞児に欺かれて実稚に撃殺せられたる假使人の死骸を埋めさせてその乞児孫十郎が辛苦して錢百金を求め得たり假經紀兵四郎が孫十郎にその金百両を貸して乞児等にとらせ其後百金の質に薄雲を要めんとて孫十郎に逼りて薄雲を妻にせんとするに孫十郎が兵四郎が得たるハ雑劇の脚色に似てあるべし然ルにあらず孫十郎が兄弟知らずして兵四郎に百金を借りて始より疑ひをいれず且孫十郎ハ狭き義士と思ひて乞児に欺かれて彼假死骸を惱地に埋めさせ実稚師門の奸計に陥りしハその心術通らずして被害者の自由に出るにハ似たり半ば抛擲して論者も勸懲を宗として埋骨深切なる大筆なれバあるべからず○假經紀兵四郎ハ師門が腹心の家臣河原柳四九郎と喚ばるる者にて彼れ薄雲を罵り爲す乃に乗せ苦集滅道を過る時近江の山賊横鴻夜又郎が手下の小頭領に殿若平太等五六賊ありて薄雲を依せ矢庭に只た郎と兩個の轎夫を撃殺し薄雲を奪ひ掠る時孫十郎を擒にして近江へ去りて見るに何者の為にぞ薄雲が賊寨を免れ去る時その孫十郎事ハ五合箕しりたる檻に入れ者自由の筆に出て世に出ても且その孫十郎ハ彼江松主に由縁ある者とゆえに波爾寺の境内に店を開きて飴餅を賣て生活ありとハ賣ハ妻とすべく小廝もあらず薄雲と王の方薄雲の宿に在りて捨て屢出たることを知るハあらず消絶し當時ハさる想象を看官も姑く絶者も掛念せずとりハ怪むへし○實稚ハ彼苦集滅道

思て胡意只八九郎に欺されて虚死してあり　但し薄雲ハ山賊に奪ひ捉られしを知らず師門ハ座鋪
に至りて約束の金を投るに師門ハ薄雲を盗まれしを怒りて実稚を庭の松に縛り　打擲しその
夜実稚ハ縄を解きて免れ去り鳥ハ郭野の冬児が掠（カス）め取りたる金百両を奪ひてゆくへ
知らずなりしに師門尚怒りに堪ざれバ九郎が弟只八平に五六個の火兵らを従せて玉の方を搦捕
らせて遣すに真垣ハ玉の方に倶して亦郭野の方へ逃去る時只八平等追かけ来て捉る真垣と
血戦して真垣ハ戦死すれども其忠魂彼足平ひ冬児に憑りて猛に勝たち武勇倍ませく
足平等を皆斫殺して玉の方を救ふときゝの冬児ハ栗門佐二郎也その妻女児ハ汀井家縁者
玉の方にかしづきまゐらせたることあれバなりとて雑劇に似たれども此前編ハしめやかなる場の多かる
出来事にてその機を縮して勇ましく見えしよしとぞ行ひしハ看官悦ばしく入り易からん但真垣ハ松島の
女房にて忠義世に稀なる烈婦なるに起て戦死させたるを作者今さら後悔せしよしや一旦死
したりとも後に甦生せしむべしとあらバ勧善の旨に稱ひて宜しからんにその死骸を佐二郎汀井が
火葬せしとあるハ後編にも甦生さするよしなし且その火葬の為体只松の枝を打くべて一霎の煙
となしたるのみあまりに怪しきに及ハざりしハいと火急のやうなりともあまりにも軽率に過たり又是も雑
劇の類に似たり今備ある忠臣ハ真垣をも殺させしてかき後尚あるべし孫十郎が狂死し
是に同じ善人の横死ハ勧懲に害あり当時思ひの足らざりし後悔かゝる事多かり○薄

十七

雪荒平太ハ笛に捉れて孫十郎と共に近江の賊寨に至る所に今津の走船の編落雪荒平太
笛の衆賊ハ旅客をひき従せんとて皆山脚(モト)の方へ走去りたるひまに孫十郎ハ義烈なる平太の
賊寨の門を守る熊ハ遁り出去て落雪ハ其背に負せられて逃去りしハ荒平太と同じ如く
また孫十郎を縛てある所にありけれバ落雪ハ一人にてハ工合よろしからぬ故え落雪ハ三ミひのま
うつみを思ふに師門に要られてハ落雪ハ死をまぬかれて又夜ふけに太郎に掠め取られて
出従いずれハ必殺すべし其あとて熊の幇助あり遂に今津の走り船に便船して衆賊
の射る矢にせん方なく落雪ハ熊とゝもに入水して死骸ハ袂を船に射留られて中途より
上に出て流れ去て船に曳れて前山岸に到りし事なきにハ當時作者の妙案にて初編中
一の新奇といはまし只ハ薄命の死ハ孫十郎と賢態が賊の為に首を搦(カラ)げて追去るの論
甚雪ハ孫りしハ旅ゝらみに孫十郎と女態の事ハ後編に至りて何と欲らんと欲なる處へ後こと
事也とも今ハ忘れて舊順猶あらまほしきに又彼落雪をたすけて船に乗する旅客ハ絶
五郎と云人(ヒト)蕢(カ)徑(ヒ)杞也て聚処て落雪を織薪へ倡して行て角鹿の妓院に売るし柞婆に養
與る所にて前編落雪の事にハ書入り後編に至りて落雪種々の艱苦を歴て苦節を
守る奇話あるべし當時作者後編大綱圓まで目順猶ありつらんを前編も皆忘れ
果しまでハ舊順猶ともいかにて一毫もおもひ出ず今前編を讀も身て世を隔たる心地の

只地若ぬるのミ　○佐二郎汀井家鶏と共に玉の方を扶擁して丹波なる故郷へ立かへりて復
讐にまでを五の巻とせしハ一話説第編中最長うさて佐二郎ハ玉の方と汀井家鶏を故郷
近江山家に留め置て獨奥山野尻へ行る時先村長木工三を訪ひて又佐太夫ハ十年以前
篠ヶ峯のふもとにて蛇に螫れて横死の為体をきゝしりて歩郷りて悲涕に堪えず終に木工三に
誘引れて家に入り由くおもふ道に樵夫柴二郎に逢しに其の木工三ハ柴二郎を呼留め
て何やらんさゝやきしに其の柴二郎ハ當晩乞兒等が総九郎の家に乱入して盃盤狼藉の
仇縁之又佐二郎が継母粉坂兼義が総九郎等佐二郎の歸郷を陽説して木工三と共に
酒飯を薦めたり當村の乞兒十人ばかり乱入て佐二郎ハ年来香野に在て乞兒に交りて在り
しかバ他等が殺討んとて酒飯を奪食ふて其の一條ハ後に至りて乞兒等が翦扼を殺
す仇縁之其の故に佐二郎ハ総九郎の家に同居せる下女を殺せ総九郎料理てその夜
佐二郎を牛坂嶺につなぎて牛馬の牧を守らせるを玉の方汀井家鶏等荒ある白屋に同居
のうち佐二郎中毒して病劇のうち甚く病命して又眼病にて遂に盲目となる木工三柴二郎が
屢佐二郎を訪慰めたる佐二郎汀井に引れて牛石の邊に至りて云々その伝をする老なる
旅僧佐二郎夫婦に眼病の妙薬を口授せるを汀井その教にまかせて家鶏が肝の臓の血
をとりて薬にせまく欲せしとも佐二郎是を聴ざるを其の後佐二郎家鶏にゆるされ
十八

て牛石の邊に至りて弘法大師に祈るに佐二郎汀井か奸夫ならん歟と疑ひて家鶏に向ふ
てその密夫ハ紫二郎なりと知るよしあるを以て佐二郎家鶏を案内(ミチシルベ)にして汀井紫二郎を刺害
しかもて家鶏か眼頭を傷(ヤブ)りたるその血潰りて父の両眼に入しより佐二郎眼病立
地に愈てそのあやまちを後悔せることと汀井丑の方共に走り来て家鶏か命を捨てそか
りて父の良薬になるまく欲せし孝行を告るに復讐は怪にて荒癖の大場にて浄瑠璃
ならハ三の切とも云へき佳境なれとも理義ハ称する所あり何となれハ彼薬方を佐二
郎夫婦に教たる旅僧ハ弘法の化現なるに仏の五戒に殺生を第一のいましめとせ
ずなるを人を殺してその血を薬にせよとおしへしハ仏説と矛盾せり且医ハ仁術之和
漢の名医人を殺してその血を薬種にせしことを聞かず唐の孫思邈ハ蓋世の良医なり宜
しく仙に至るへし其所著千金方に虻虫気婦なとの生命を害ふ薬剤に用ひさる故に
仙になることを得ずして十二歳遅く命終りぬといひつたへたりかゝる虫すら殺せハ仁術にあらず況
人を殺すは弘法伝受の薬方の理義に遠かるを知るへし且汀井か貞操なる女児を殺し
ての良人の眼病平愈あらせて父の仇を撃せまく欲せるハ世に稀なる心烈なれとも人の
親たる者の真情にあらず又しら旅僧の一言を信してその薬に効験なくハ家鶏ハ
犬死になるへし古語に学レ書ヲ者ハ費スレ紙ヲ学レ医ヲ者ハ費スレ人ヲと云へるに庶かるへし浄瑠

理なき及雑劇ならハ論なし吾旧作にハ儀なかりしと今ならハ自然の外なし又佐二郎ハ烈女貞ハ垣の忠魂彼身につきしより扱する勝こえて玉の方の幇助となる者なり彼忠魂早く立去らハ又足る事なるへし然れとも其ハ玄垣の魂まへりてあるなるへし去るに佐二郎ハ朝妨浩太郎の毒害を知らす其の毒に中らすして盲となりしハ貞垣の霊魂なしめハ功あり後にハ彼が身を守るに力及はさりし歟是亦神霊の冥助なき後矛盾なきかくいへハ假なりとて真となる理浮かに似て吾か意ならねとも古よりや作り物語にも有り西洋なる事ハ世に久しく行はれ古人も感せさるに獨知ならされハ是も亦吾昨非を辯するのミ婦幼ハ是等の理屈を知らねハ今猶覚るも難かるへし士君子の為にいふ足らす○佐二郎眼病平愈のおり浩太郎家僕等を招く来て玉の方を搦捕まく欲せしを佐二郎憤激突戦して悪僕等を斫殺し浩太郎を生捕て他の十年以前朝妨と相計りて佐大夫を殺害せさる事白状分明なるに依て則野飼の牛をもて浩太郎を牛裂にせらるゝ事ハ痛愉快の條之なる時木工三紫二郎彼これ見るもの共に出て来て其の議意を説示せらる又彼これ見十人の内六人ハ彼夜より毒に中らすしく死しつ残る四人ハ其の怨を報ん事をはかるも浩太郎の家に推よせて朝妨を撃殺し其ハ首を竹槍に串ぬきてもて来たるなり二の朝妨か首ハ今津の走船の帳に荒平太

十九

篁か孫千葉と熊の首を竿の尖へ頭に串刺て蒼雪を遂しと善悪の反對へ抑佐二
郎か復讐の事敵坂ハ其の仇なれとも継母なれハ身に是を殺さす冥しからも
其の旅中に兒篁の手を借てその怨を復させたる作者の用心神妙ぞ且旅人命朝坂ハ
其罪五逆に當れり手裂の刑ハ佐二郎か惨刻にあらす殺坂ハその罪に及はされとも乞
兒篁か手に殺されれハ南北刑死に相同し其らの配剤奇なるかな○其の時牛石
仮之に碎けて肉より弘法の偈碣あらはれき佐二郎か復讐の素懐を今に顕し示されしハ求
め過たるに似たれとも其照験なくてハ弘法の冥助をしるに由なし作者の用心膠り
事ともいふへし○其の地ハ師門か領分なる故に久く留るへからすとて佐二郎汀井篁
玉の方に倶して園部へ赴くに木工三守宗二郎も兒篁はさらん更に野尻の荘に篁
師門の奇計を欺て之とて園部に移らんとて境川を済まてを前編の終りとす是
よりして玉の方積乱に身を寄せ婦妻ハ彼等ハ必あるへし紀蔵雲の後来実雅の事
なとも復称既にて今考ふるに由なし意ある事蒼雪百折十磨の苦節
をもて後編に園部頼胤と夫婦になるへき事後江松主か忠説に実稚蔵
去るよりありて酉を去り善に立かへり大功ありて小野の家を再興せぬる後の後編の
結局に甘まくや思ひけん今ハ却てこれを忘れて作者とも知らさるを後の者に此

編を續ることあらハ吾本意に稱ふへくやあらすや知るへからすしかし此略自評を聽續
して吾真面目を知る君子ならハ後編の出るを望むへし ○前に云ひ漏したる事あり
浜名郎か家にて佐二郎か款待せし時乞児等か乱捕して其酒飯を飲食ふこと多かりしと
前文にいへり 當晩 本文三ニ 相客有之ハ些ハ飲食ひあつらんか中毒のこと見えす 又本文
三ハ里見か盃をとらせりし 程云々とて毒に中らさりしといへり 此文に見えたる里見か寄去
て後に又盃盤を改めて云々と前文に有之ハ 本文三ニ 免るへからす 是等ハ作者の脱筆
也 今思へハ詳ならぬ事多かり 吾意近来前後精粗あり 四十年来の拙筆を絶ツの如く
思ひ知せるも 壯老而未しからされ也

◐括頭巾縮緬紙衣　三巻十回　再板の者 為五巻

此編ハ文化四年丁卯春江戸四谷傳馬町なる書賈住吉屋政五郎か需に應し
て作れり 序ハ大坂なる画工馬田昌調か屢請求むるによりて其筆に任せたり 今猶其
歳月を見るへき者 序文に在るのミ 其後ハ再板の者總て削り去られハ傳らすなり
此初刷ハ文化五年戊辰正月 叢梓せしに思ひの外に時好に稱ひて當年千
部賣れりと云 此後七八年を經て板元政五郎 故ありて書賈 零落し 刻四谷
の大火に彼家類燒して此刻板も烏有になりぬ 政五郎も程なく身まかりぬと

二十

人の得ふ知られざりしかくて文政中ふ至りて大坂屋茂吉と云るもの書買恣ふこの書を再板して作
者ふ告けず為永春水ふ課せて書名を殊久ん松山物語と改め三巻なりしを五巻ふ分
ちて繍像豊廣画ハ舊板のまゝなれど新ふ英泉ふ画せたれハ舊板と同しからざる所多かり且三
巻を五巻ふしてわかちたれハ一の巻ふあるべき画多く二ノ巻ふありて本文と相和せず皆
是差誤多かり茂吉ふたのまれて恣ふ配分をなしたるふてあるべし其再板本を讀せ見るふ本文ハ舊版
ふ異なるをなけれども誤脱文間是あり且標題ハ殊久ん松山物語とありて本文
ふハ毎巻ふ殊久ん松山柳巻話說と録したり意ふ舊名ふてハ世の人殊久んのふと書る物と知
らざるもあらんとて茂吉か春水ふ誂へて其の殺風景を卓ふしたるなるべし彼殊久んハ彼座の
嫖客なり松山ハ遊女之假令その奇遇を作り設くるとも其名を書名ふあらはすべき
ものならず故ふ世ふ傳ふる殊久んか姿をあらはして書名ふ指頭巾編綿紙衣と命したハ
風流餘韻のあるを茂吉書去ふ其の義をしらず恣ふ改書名ふ改めて吾か意
ふ違へるハ実ふ嘆息のみ本より茂吉ハ吾知る者ならねども春水ハ相識なるふや
茂吉ふたのまれたりとも其の義を吾ふ告けざりしハ人をも人とも思はざる烏滸技者なれハ吾
其不義をも知らて作者として敢て怨を隠せしふ其の後天保のはじめに茂吉ふよりて旅
春離散せしけるか此かの再板を大坂の書肆河内屋茂兵衛か購求めて今ふ至るまで

年々に摺出せしが売れずして再板せんとて編次は天保四年癸巳春正月発行大坂河
内屋茂兵衛板と録したるはその板を購求せる歳月なるべし旧板発兌の歳月を削
去りしは看官惑はさんとてなるべし書賈の利に黠なる者吾名號を売るのみ其恣
なること此の如し此一書のみならず皆是にして再板の多かる者皆是に似たり吾在世の時すら
も侮らるること此の如し况て没後はさぞあらん是も無益の贅言なり独浩歎に勝ざれば
自評の上に志るしつけていはゆる浮屠の繋言となすのみ○此書の発端は伊勢国安
濃郡播本なる商人服部輔以が本性鄙吝にて子なかりしにその妻志舟は同村
なる布平といふ者の妹にて女なりし時男の名に身を売て遊女なりし中其後千
年の苦果をよく勤果て輔以が妻になりし中輔以子なかりし故に白子の観音に祈りて
皆は常花を生の中輔以各嗇にて宿願成就せば白子の堂舎を修復せんと祈
音に祈りしを宿願叶ひて宝貯をせず志舟自ら毎にて良人を諌れども聴ざりし
が中常花が三歳の比又輔以は病死の中布平が女房の為に金を取られ中澄七といふ若
媒して万人圓平彼家の金を奪ひて終に彼産を蕩尽してその比布平死去の下常花
がいはまだ幼し年圓平志舟を欺きて常花を売らせて身價金十二両を掠め取りて摂
津国有馬なる苫松といふ者常花を買とりて有馬へ招きゆきたる一と圓平同類の万人

二十一

澄七苦六を殺して彼身の價を分ち與へて皆その金を奪ふて遂電のうち忘井弥吉の
宿願を果さんとて諸國経行せしとき遂に八評をへ行ぬうち事し他作者の用ひ彼都存
而て神佛を欺き仍狭きを手縁に斯は者のいましめとせん因果の積悪ハいふにて
し忠ならず神人ともに憎む所也間まして結果を知るへし皆是後にて至りて無漏婆の因
果物語あり徹源之是より下六七年の間話なし併らに物して有馬の湯に松か浴
室のうちを説絶したり○此畠権中納言具教の老臣太宮君別の家臣宛石宗
達その子又之助を將て有馬へ湯治のうち又之助の乳母の子田井八太郎のうち八太郎の母
ハ又之助十二歳八太郎十六歳なりし年船江久平と云者と密通して遂電のうち此
一條ハ後に碗久か松山にて迷ひて破産の徹源之青官二ヶ出て八心付始めなるへし
○有馬の温泉の由来二十婦の浴室二八十リエ妬湯のうち婦の怨霊今に至るまて為松家
丑て情地に夫婦の約あれとも未た男女あまたハ必出崇をなせしといふ忘井の女見常花叢
松か家の小湯女にして宗達親子を慰めて宗達小湯女を常にあまり戯手成
長の後又之助の新婦にせんとて約束のうち小湯女ハ是を実にとして後證を乞ふによりて
宗達猶戯に扇子に書たる古歌の短冊二枚を湯女の常花に取らせたるとこの一條ハ後
必至りて碗久ハ松山か奇過の徹源之○宗達妬湯を見るとて蛇のうちつだくらめの雛母るを

横死せしより○是より後年を経て又二郎が成長するに及て宗達その子の為に新婦を娶る
時昔讖言して彼小湯女を敵視しを後悔し今は有馬へつかはして彼小湯女の安否を問
せしに件の小湯女は昔日年始め崇ありしより病胎ありて今その小湯女を紳の三国へ
売りし事を聞て今は有馬にあらずといふに宗達深く後悔して彼身の実否を探らせて倶
せしに只独二三有馬へ赴かまくせし中同道の武士名屋尾七郎と強て宗達と共に有
馬に到て　蛇と魚の中にハさめ臥する事あり　小湯女の立処を問ふに彼女今は三国に在りといふ　その後の往方は知
れずといへば宗達望をうしなひて又七郎と共に伊勢路へ入りぬる程に七郎は急病
に臥して旅店に留り宗達ハ疾走して名屋尾の宅眷に告んとて独道をいそぐ事にて
郎二が怨魂主君思斎に訴て彼女ハ宗達に殺されしといふを七郎上の妻も同じく夢
にみて悲怨訴の中に君思斎討手をつかはして宗達に宗達を誅せらるる中田井八左郎縛捕の衆
兵と防戦して宛在又二郎を庇せし中に八左郎も名門に離り入て身まかり去るる事其後七
郎二か入りまして実らしきを告るによりて人皆宗達が横死ハ彼妬婦が祟りなるを知りて大
宮君思斎聞後悔して又之助を追せしに終に其往方を知らざりき中にも一編ハ舊説に
磯名ハ元来伊勢人なといふ中により宛在又二郎が伊勢の故郷を去りてみやこに漂泊
して料られし商人に成りて続浮名を儲け妬婦が舊怨霊二宗達に崇あることくの如きハ是も

二十二

害せられたるを思ふに看官さもあるへし要するに人の怨霊物に触れて家衰六七代の後まて祟
あるよし和漢今昔その例なきにあらす然ハ理なきにあらねと是等を論すへくもあらす此書合して三
編とせし第一編ハ服部輔政忘井母女の事を演し第二編ハ宛石宗達父子の事を
詳にせし第三編ハ碗久松山の奇遇蕪婆々の因果物語にて終れり其中三編にして三竜
なり伝ふるを再校の者其巻を分ちしハ作者の本意に違へり看官是を思ふへし
○宛石父之助伊賀の阿坂にて討れしを免れ伊賀路に隠れ居て路用尽たるハ浪華に
漂泊して料らすも乳母野洲か女なりし中野洲か夫服江久平ハ阿坂にて亡命の後
浪華に到りて数年の後貧窮になりしと碗屋久右衛門と改名し碗家具を売るを
生活にせしか極めて公儀ハ是等身まかりて継くへきものなけれハ野洲ハ後家持にて
真六といふ全宮店舗を支配してありしなれハ真六ハ忘井か家夫服部園平なる
中野洲ハ旧恩を報んため父之助を碗屋の主人にして久右衛門と改名の中国平の
真六金を失ふ故に碗久家を辱んとて去りて料らすも野ざらし碗久か為に惜地に松
山にて遭ふて彼ハ其の一條ハ今も彼地にて人の口碑に伝ふる碗久か母の事を繋
声を立○浪華なる妓院の主人蕪婆々の事ニ而蕪婆々の事ハ茨城屋幸座衛門伝に
出たるの他浪花なる妓院の事を書る物に載たるを世の人是等を知りたるなれハ本

偖の作者胡意撮合したるに蕪ヶ家の遊女松山ハ七忠幷ヶ女児小褐女の常なる事にて最に
三国へ売られ又京の嶋原に轉売せられ又浪華へ来て今ハ蕪ヶ家に在りと也松
山ハ又之助と結髪(ユヒナツケ)の約束ありて尤しかるべけれと然るを究めて縁せしも只瘡毒なりしを
勤めしといふ事ハ是等の事浄瑠理にこそあれ　遊女たる者節義を守りて身を売
に縁せしとて許さるへき事にもあらず　倫(モニ)その身を穢されしなるハ彼院に到らさる以前に自
殺せざるより外あるへからず　是等ハ無理なる趣向なるべし　その書ざま拙からねハ看官
是を怪ますも　素是作物語なれハなりさるを理解して　その非を知る時ハ假なりとても真ハ
と看せの如し　趣向無理なる故に妙筆といふとも只是もて　昨非の一巻ありける
○里の若人等直六の才をなされて椀久を得て行て松山を買せて取らせんとて誘ふを松山碗
久をもなくも挨拶に若人等を恥て逃去る中松山碗久を究み又之助と云しより今
に伴ひて年来の苦節を告るとて證拠の短冊の中碗久奇遇をも感して松山を憐
の思ひをもなせども是まてハ碗久の事は旧説と虚実相半せり作者の用思自得の如く
にて妙なり○碗久松山に惑溺して意見に被産に至るの中碗屋の小廝等私慾を為に
して離散の中図平の直六ハ金銭を掠め取りて云々罪を碗久に負せるまて野詞碗久
を諌るとて且松山にぞありとゝへどもとて其を償(ツクノ)はんとて金百両を碗久に渡

二十三

是れ其實碗久妓院に赴く事を直六ぞんの竊に立聞して金を奪ひ取らんとて碗久の跡を
つけて行く事、長塀搆にて碗久盗難に遭ふとき頭巾深くきたる武士碗久を救ひて奪れ
たる財布をとり返して碗久に投與ふる時碗久走去りて深編の武士ハ真六を堅く
縛りて準備の駕籠に押入れて何処ともなく舁し行く、去の段ハ雑劇に似たれども當
時の看官ハ手を鉄ふ最中なりき、又此編の作者を活く時好に従ひし事を促し又
之助の碗久ハ武士の子なれどもそのありハ彼氏武士なりしに伊勢の阿坂にて討死の衆兵推
し居し折若黨田井八太郎の三路戦して彼ハ早く逃去り如今又長婦をて直六に守
愚かされて懐なる財布を奪れしハ武士の子に似げなき雑劇ぞて去年なる浪子艶治
郎に似たり。是又達とも武士の子に生ぬ本性軟弱なる故り臆病なるも去れハ又之助の碗久が
本性かくの如く形を飾ハ浮世笠にて放蕩の狂ふ門に入るに宜しかりしも要するに作者の用心
を知るべし ○當晩碗久蕪の妓樓に至る時松山ハ身うけの客の通りになりとの人を告
童碗久を小堂舗に去らしめ坐らせる中松山ハその客の臥房に入るに及びて悩地を小堂舗に
来て直を若き碗久に告ると松山既に碗久の亂を開きて八月中旬に去らする身うけの客を去る
出でく次の間に来る理に頭巾深く包める一個の老女の屋台より出で来て彼客と共に立去り
去ると云ふ身請の客 松山ハ去る産の準備として早世来故と長櫃出る所を見ると碗久

養母の恩義を松山に告けて彼財布なるハ真の金にあらされハ共に疑訝りて事のなら
さるを歎くのあまり腰なる短刀を引抜て死んとせるを松山急に推禁めて共に死なまく欲
せるに折から芸婆々ら来ぬれハ碗久母を輌になさまるに暇なくかゝる所に建たる屏風の背に
ありけるに挿入れて早く母を隠せしにこの屏風ハたしめ碗久か求ぬる侍女の竜里か人に知らせし
とて屏風を建めさして出て行とある是そハ其ほとに至りて母を隠さる料となりし伏線なり
○蕪婆々ハ松山か身うけの為の遣りにあちて碗久と云ひしものを罵りて頭髪を攫んで打擲
し怒りに乗して突仆せハ松山ハかの立たる屏風と共に仆れしかハ其に隠せし短刀にて脇腹
を傷ける今般に告るその身の素生故郷の事親の事母のかくれの事なとくるしき中に云と多
くに聞く蕪婆々ハ素是常に松山か母と田井にて観音堂を修復の為道ならぬ
世渡りして貪り集めし黄金さへ失ひ取れ懺悔に堪すて彼短刀にて自殺の事を隣室
蒲に立聞する老女ハ則野路にてこれも母に依なり腸ひ出ツと云て身の悔ま(?)
告を後悔せ益野ハ松山か碗久に前約ある事を知らせ又懐胎の子を知らせ
不思議にめくりあひける己か子ハ太郎と情地に語りて身のみの兄弟に引合せて妹夫
の中を割きまくさしたるあやまちを詫ひと死をうけさせてそ自害し伏すと云是時田井八太郎も
出て来ツなれの錯誤をそちに謝して背に長堀にて彼盗児を生捕りたる由を碗久に告知せ

庭に忍せし長櫃より引出し推居る是則翌年の眞六口之八太郎その羅を責て首をうち
落さんとせる程に撫波女らも是を扶けんため松山を亦養ひ只冒をもて命をうける由より碇久ハ
其貞と孝とを感して命を許せと云八太郎其意に任せて眞六を解放ち且宗達に羅を絶
事に臨み合胴なりけるを太宮忍當丈之助をも召えとて往方を[illegible]八太郎是
を碇久に告知らして伊勢の阿坂へ助けりやへとて鷹せと碇久夜に従ふ今より沙門せんとそん
とて自ら頭髪を剃捨るを忘井の撫波女々ハ禍集の財を悔恨とて瓔珞[illegible]ひしあ
またの圓金中判錦を席上に擲てハその金相違して蛇とうんえてうごめくを松山撫野郎も
共に徐に去て死せしとし家内の奴婢ハ熟睡して是を知る者なかりしに只その崖田界を
去りつけられハ漏たりしけるも花落ともあらん詳にハ其本を照して知るべし
○自評に云あの段ハ親子情男女湊合の大場にて悲涙哀傷の趣を盡したり抑れとも今
よく思へハ理義に稱ざる所多くあり何となれハ忘井ハ本性貞実にて浪速國平が家の要務
を深く知るをもてし只其夫輔助が遠窺を果さんとて浪華に至りて身を出しよりその氣質婬
似たる堂舎建立の為にとも貪婪耶慳をもて人を欺まするのみ松山を引幾しるなど
甘しハその氣質融らでして別人の如し是ら皆ハ是しあやり看官ハ甚だ忘井なりと知らぬしと
てのその為なるべけれどもしからずも此りさまハ尚あるへし且其女児常花の松山が有馬へ賣遣れしハ八歳

の時なれハ縦令十餘年を経ぬるとも其雅顔を覚えてゐるらんに久く同居せざるハ怪むべし
又常花ハ孝女にて本性怜利之母の顔を見ざりしと云ふとも忘井ハ伊勢の様なるにあらざれば
りし事を早く知りたれバ人にハ親の知らでとて其身の素生稚名までかくして年を経ぬるとも別
れし母と同居せざるハ此も其言ひつくろひしハ怜利の孝女に似げもなく本性第一に厚薄あり
是等ハ自他の趣向にて作者の自由に出されバ妙筆とすべきに足らず○上にいふごとく忘井ハ
兄と良人に誠あり老て余れる心甚しけれハ白子の観音堂を建立せまく欲する事而已
彼身に受べき悪報なきに専ら其娘なる孝女を殺して其身も自殺せしめたるハいかにぞや又松
山ハ孝女にて且節婦なりて貞く碗久の妻にもなりて後栄なくハあるべからず然るを横死しるく
毫も善報なけれハ当時作者の思ひ足らざる只伝奇なる碗久が狂気を模擬せし
故に善悪応報の正しからず故に勧懲に障りあるを亡ひ去りたりけん四十年の非を知
れハ後悔するとも詮なし嗚呼読人何ぞ容易ならん吾謬てりし○並松
山が横死碗久が狂気ハ有馬なる婚婦の出来事と申す作者の自由に出せる妖ハ徳に勝
たざるを孝貞節義より物の出来を重しとする時ハ仁義を蔑如するに似て亦是勧
懲に害あり雑劇浄瑠理なるとてハ加るまで多くあるとも勧懲を旨とする吾旧
作にハ今さら後悔の外なし○野消ハ伊勢の阿形にて又之助の乳母たりし時若党船江

久米に密通し主を棄子を棄て久米と共に走りしは其罪実に軽からねども又六郎の碗久が落泊を救ひ出さんとて舊恩を報ひんとて家産を失ひて其忠ありその後碗久が進退に和みて竟に破産に及べども野須は怨言なきのみか情地には左衛門に讒合して事毎に計りしは松山を知らざるものかましてに身を砕ける所皆忠なりよしやその善報ならずとも自殺せし段罪料なし　然るをその三女人共に横死せしは皆作者の自由に出て當時看官の好む所に従ひしなるべし○田井八太郎は勇にして且忠あり天満屋七母野須にあらず此時又之助の碗久の子なるを知りながら早く碗屋に約て碗久に伊勢の首尾を告ぐべき約ともなるにさらなくて野須と密談して松山を引放さんとて家財を質に入手せ假庭贋けの客になりしは雑劇浄瑠理にある趣向に似て是も作者の自由に出る趣作にて何ぞ此くの如き事皆假をもて真となし理許すとも取らざる君子はなきを知る歟と艶曲世人に知られたる碗久松山の事を作設せしとその艶曲に異にして現善勧懲正しからずされば何をもて婦幼を醒さん當時思ひの足らざりける也甚だ後悔の外なし○又之助の碗久が父の宗達の罪を知て合明なるにより主君悪斎が後悔して又之助を呼ぶさまく欲せるより知りながら速に帰参して忠孝を全ふせず世を厭ひて沙門となりしは當時作者の心碗久物狂の浮説に合んとて自由に筆を枉（マヽ）ぐるなる是等も拗て理義にかなはず○園子の眞実を

積悪の辯者にて義理ある常花を討りて賣せさらんに同類の兇人澄七菩六を殺したる
罪人にて碗屋の身代になりても女あるしと悔りて私慾を恣にし剰主の碗久か懐なる財
布を奪取らんとて手ごめにせんとするまてあらハすよし上ハ刑戮せらるへき者なるに蕪松山か
命乞をせられしかハ八左衛門是を許して追放せしハ作者の真六を後に用ふへき為とあれハ自
由の筆に任せたるのミ勧懲の為に宜しからぬ趣向とせん世の看官ハ所までに理義を推て
見る看官く只一日の雑劇を摸て腔魔を破るまでゝ事実ハその書叢林の比にもなるへきを
て再板の後ハ今も年々に摺り出すといふ事なるにその艱苦を挙て自評とせるハ金瓢玉弦なる
ものから心ある人ハまんせんと代筆の疲労を歎く笠山翁の尾にあられとも なかなかし紀老の作り
言にそありける ◐ 此の編作者の脱筆あり 芸ハ大樓の彼院にありしと松山の外に三
個の遊女あるへく 當晩とまり合せたる嫖客もあるへし 是等ハ無用ハ看にして 左て邪魔
になる故に省筆てゝもあるてゝ事けましと。當時ハ看官是を外出めき捌筆に精粗あるとも既
に称するもの如し 巧拙も亦随て知るへし
○第十回ハ里長蕪松山か事を云くと雖も崇を怕れて後の事を田井八太郎に任せる事
八左衛門ハ則芸の家の遊女女童か生の親里へ入来ることまて至りてもの看官のこと九しまて
見えさり 嚮に蕪松山か横死の後されハ是等ハいふまでもなきにや看界に過たり ○碗久物狂

二十六

のりけ伊勢の空我上人磯之丞を空屋なる所に留おきたる中錦さへ殺の中国平の直六松山が墓を
發きて金を得んとして松山が疵口より生れたる男児を見出したる中雌雄の燕その赤子に餌
を運ぶを直六出崇を怕れて松山が子を養ふを是直六病ありて乞丐になりしを
その明年田井公太郎其の遺財をもて施行せんと四條河原に假屋を造るを空我上人
霊済度の中国平の直六行車に乗(かざり)稚児を抱きて施行の場に(ニハ)来るなる中并に積悪
懺悔の事磯之丞松山が死後の奇特を感し其子を已が子として養ひ取て名
有無之助と名づけたる国平の直六空我の法験によりて生なから白骨となる結果の中磯之
狂病平愈の事有馬の藤松来りて蒐執着の中蛇は妬婦の冤鬼雌雄の燕は藤
松の先祖松二郎其妾なる後身にて三霊解脱成仏の中藤松旧縁を感して白子の
観音堂建立の中多屋尾七郎二君命を磯之丞に伝ふるとて磯之丞親子田井公太郎等
空我上人と倶に伊勢の故郷へかへるに并に磯之丞出家の中大宮君斎磯右有無之助
に祖父宗達の旧領を返し与ふる中白子の観音堂落成の中田井公太郎婚姻
精忠の事に至りて結局大団圓たり是その大畧之
○自評に云国平の直六らが刑死を免れて存えて盛衰を見に至るのことなから常なきの松山
が疵口より生れたる有無之助を年二歳になるまで艱苦の内に養ひしはその天罰首を

刎るより晴れ白ね似れとも今思へハあやしき奇妙なるもの何となからハ松山ハ節女又ハ節
の婉久ハ武弁の子之其ハ子有無之助ハ祖父宗達の跡を継て家を興せし者なるに継嗣
生出しより積悪なる瀬色児の團手に養れハ大疵習恥之有無之助成長の後まての子と
知らハ必夫を殺すへし當時俳者の用心因果応報の理をしらさる旨とて今人の釈子に恥ある
る事を思ハさりけん今から後悔の外なし ◐ 宗達か有馬山にて殺したる蛇ハ妬婦の
寃鬼之とハ始より看官も知るへし其蛇に年々卵を呑れ雛を失れし雌雄の燕ハ松
二郎と蔦か後身なる事を最後に解語せしハ在写し是にて蛇燕の結局あり毫も遺
そひ筆とやいはまし ○ 白子の飢青堂修復の中忘井の燕常花の松山か在世の間
ならハその甲斐あるへし蓋松代りて其宿願を果し得たるハ尋常を好む事似くく燕松山霊ある
らハ必恥思ふへし況してハ燕松山ハ擅を留めて跡を残さし地やせん松山の横死の奇
なる事ハ其事に似へるか如し其の婉久野傍篤か母ハ亦許に見えたり ○ 再板の四の巻に
為永春水か烏滸なる画賛を加へたり吾是を知らせまほしさに続世労を絶倒させり
他か人をも人とも思ハさる烏滸技ハ只是のミにあらねとも実に憎むへき烏滸人也 ○ 新
刻に其書肆板の歳月を削去りしかハ人是を知る者稀なるへしといへハ代續
の者見遺しこ五四年昔さりし謂之その後当代續世か五の巻十七丁のうらに文化五

二十七

戊辰年板元文政十四辛卯年再板東都書林大阪屋茂吉とアリ是ハ初板再
板の歳月ハ知らざりたり按るに文政ハ十四年なし十三年庚寅改元天
保の年號を憶ひ出し再板ハ文政十三年十二月以前に早く刊刻果さるまて明年正月よ
り二よひ發板せんを十四年云々と録したるなるべし十七丁より下ハ河内屋茂兵衛が藏
板の書目録四五丁あり本文の紙多からぬ時ハ引札をもて板を増さする標紙裏の書于に
天保四年癸巳春正月發行江戸云々丁子屋平兵衛大阪云々河内屋茂兵衛板と
あり是等ハ舊板を欲購板と欲するは其中發行と録したるハ猶いくて當年の新板の
如く思ふ人もあるべし丁平河茂ハ吾相識なるに茂吉か書名を改めて再板の中ハいかなる
甚板を河茂が購求めて年々に摺出せしにまた今もまたも吾に告さす増賣の利を厚く
して蔵中に蔵ぐ事ハ今更にあらねども如此の事ハ獨嘆息に堪ざるかし

著作堂旧作略自評摘要　裏見返し

著作堂旧作略自評摘要　裏表紙

# 『著作堂旧作略自評摘要』翻刻・注

# 『著作堂旧作略自評摘要』翻刻・注　凡例

## 翻刻

一、読み易さを旨とする。

一、適宜、句読点・濁点・括弧・改行を施した。

一、漢字は、適宜新漢字に直したが、あて字などは原文のままとした。

一、「ハ・ミ・ニ」等の片仮名は、振り仮名以外は、基本的に平仮名とした。

一、修正が加えられている場合は、修正後を採用した。

一、判読できなかった部分は■とした。

## 注

一、簡略を旨とし、解釈に踏み込む注は特に付けない。

# 【上巻】

## 旧作略自評摘要

### ●『頼豪阿者梨怪鼠伝』　六冊

予老て記憶を失ひしより、三四十年前の旧作は只其書名を知るのみ、毫も是を覚たる者なし。この故に今茲(1)甲辰春の日ぐらしに婦幼(2)に読せてうち聞くに、世を隔たる他作の如く耳新たなる心地ぞせらる。

就中『怪鼠伝』の一書は文化五年の旧作にて、当時の流行にや従ひけん、都て雑劇(3)の趣を旨としたれば中〳〵にわろし。況亦仮清水冠者の大太郎・宇野の小太郎夫婦及唐糸の如き、忠信節婦数を尽して枉死の事は、当時の看官(4)惨刻を歓ぶ故にはあれど、今にして是を思へば後悔なきにあらず。且猫間新太郎と云者を作り出ししは、猫鼠論を成さん為なれども、新太郎も復讐の本意遂得ず、一旦絶たる家を起ししのみにて大功なく、況清水冠者義高の如きは、作者の自由に成しがたき実録(5)あれば、只石田太郎為久を撃補しのみにて、頼朝を撃ことを得ず。且唐糸は忠義の為に子を殺し女壻を殺し女児を殺し彼身も節に死したれども、毫も功なかりしは憐むべし。是皆実録に綁縛せらるゝ故にして快からず。されば結局に至りてめでたし〳〵といひがたきは、頼豪の故事を借用して後栄なき義高の伝を立たれば也。然れども当時世の看官は、めで歓びて、この印本多く売れたりと聞えしかども、今読せ聞て是を思へば、文皆渋りて安らかならず、読者の眼と舌を鈍して読ころすか知らねども、口に糟溜るやうにて妙とすべからず。右にも左にも此一書は吾不如意の拙作にぞありける。是よりの下、読者の意に任せて開板の年序に拘らず、代筆に課て毎編略自評しぬる者、左の如し。只是遺忘に備ん為のみ。

【注】

（1）今茲甲辰
天保十五年（弘化元年〔一八四四〕）。

（2）婦幼
嫁お路のこと。

（3）雑劇の趣
『丹波与作待夜の小室節』『久米仙人吉野桜』などの演劇作品との関連が考えられる。徳田武『馬琴京伝中編読本解題』（勉誠出版　二〇一二年）参照。

（4）当時の看官惨刻を歓ぶ
馬琴『著作堂雑記』には、文化五年（一八〇八）に、「御懸り役頭」より名主へ命じられたという「合巻作風心得之事」が掲載されている。それには、「同奇病を煩ひ身より火抔然出」「人の首抔飛廻り候事」「水腐の死骸」などは宜しくないという条々がある。このことから、文化期の読者がいかに残酷な場面を好んでいたかがうかがえる。

（5）実録
ここは、『源平盛衰記』『平家物語』『吾妻鑑』等。

## ○『雲絶間雨夜月』　六冊

こは文化四年辛卯拙筆也。一体は安らかにて宜敷聞ゆれども、善良の武明が枉死は快からず。且鳴神と蓮葉が奸淫は『水滸伝』(1)なる西門啓と藩金蓮が臭気を写したれども、『水滸』の大舞台を小芝居にて見すれば妙とはいひ難かり。なれども文も趣向も安らかにて『怪鼠伝』には勝れり。

当時六樹園(2)はいたく是を誉て、「妙作也」といひにき。其頃はさも思はざりしを、今おもえば全体『鳴神』(3)の狂言などは市川の家の芸にて、甚古風なる只壱幕の狂言なるを六巻に書ひろげしは吾ながら出かしたかと自笑もせらるゝ也、あなをかし。

但し雷獣の弁・治療の事などは、看官の心得になるべき作者の用心、今も猶得意に覚るかし。是贅言に似たれども有用の事なれば許べし。

**【注】**

（1）『水滸伝』なる西門啓と藩金蓮が臭気を写したれ
　『水滸伝』第二十四・第二十五による。前出徳田書参照。

（2）六樹園
　石川雅望は、宝暦三年（一七五三）生、文政十三年（一八三〇）没。狂歌師・国学者・戯作者として活躍。文化五年（一八〇八）には『近江県物語』などの読本も出版する。雅望が文化六年に出した『都の手ぶり』について、馬琴は、『本朝水滸伝を読む幷批評』（天保四年（一八三三）成）で、「六樹園が都の手ぶり、よし原十二時」に対し「源氏物語の文にならひて、今の世のありさま」を描写していて、「当時めでたしとて玩ぶものも」あるが、「情をうつし、趣を尽すもの」ではないと批判する。右の部分からすると、一目置くような気持ちもあったか。

（3）『鳴神』の狂言などは市川の家の芸

歌舞伎『鳴神』は歌舞伎十八番の一つである。歌舞伎十八番は七代目市川団十郎（当時五代目市川海老蔵）が天保年間（一八三〇～一八四四）に市川宗家のお家芸として選定する。元々は、寛保二年（一七四二）に大坂佐渡嶋座で上演された『鳴神不動北山桜』の一幕で、二代目団十郎が初演したものである。

## ⑪『糸桜春蝶奇縁』　八冊

是は文化十二三年の作なれば、作者の筆やうやく進みて情を写し態を詳にしたり、且筋も功にて大場あり。是を『怪鼠伝』『雨夜月』にくらぶれば、愚筆の情達を知るに足れり。只疵とすべき処は、結局小石川の段のみ義太夫本(1)『本朝育』の小石川の段に摸擬せまくほりしし故に、雑劇に似て反てわろし。且丁数既につまりたれば三十丁の外作者の自由にしがたき故に、団円の筆を尽すことを得ず、遂に龍頭蛇尾になりたり。

然ども当時看官の愛ること大かたならねば、京摂(2)の間にて上瑠理本にさへ作りたり。その浄瑠理本は見るに足らねども、当時の流行を思へば今も棄難き一書也。但し焼板(3)に成りて今は其板なきを遺憾とするのみ、昨今再板をもくろむ書賈ありと人の噂に聞ぬれど、作者に告ずして恣なることをせられんより再板なきこそ安かるべけれ。是等指折の小説とやいはましとばかりにして一つもその好書をいはずば略に過ぎためれば、又代筆を労する也。

はじめ五十四塚東六郎が遊女曙明の情死を救ひ得て、是を妻として女児二人を生せし後、曙明小名且開の嫖客一八が冤鬼の祟にて、夫婦猛に離別する段は、作り得て自然の如し。かくて曙明は季女止以子を背をふて故郷へかへらまくしぬる道中にて、止以子を背棋等に勾引され、彼身は途にて兄十兵衛にめぐりあふて江戸にともなわれ、遂に一八の弟十十作の後妻になる段は、因果の免れ難き所自然のごとくにていよ〳〵妙也。又止以子の姉大総は成長の後、父と共にあづまへ赴く船中風難の禍にて、東六郎は入水して死し、大総は辛く免れて鎌倉に漂泊、一八が前妻拆桜禅尼に救はれて、遂に江戸に至る所、又是因果湊合新奇といはまし。又大総の女弟止以子の小糸は背棋に養れ年二八なりし時、大総がいひ名づけの良人神原狭五郎一名狭七が忠義の為に背棋を斬害し、その養女小糸は曩に入水して父東六と共に死したりと思ふ大総が女弟なるを悟り得て、相携て江戸へ走る段は、『南何夢』(4)なる半七・三かつが奇遇に相似て同からず、こゝをもて其綉像の賛に、「あづま路にその夜の影をうつし見んしら川山のありあけの月」と作者の自詠あり、看官の知る処也。かくて大総は江戸に至りて一文字の陣羽織を悪人微八にうばひ取られ、彼身は十兵衛に救れて糸屋に寓居し、又狭五郎・小糸も江戸に来ぬる日に山賊山魅五平太が手下の仮緝捕(ニセトリテ)と血戦し、綱五郎に救れて危難を免れ、其後綱五郎は単身にして山魅が塞に趣きて、小糸をとりかへし山魅等を降す段は、義侠の大勇綴得て愉快也。かくて狭五郎は綱五郎が糸店に寓居し、小糸は綱五郎はからひて十兵衛が宿所に預け置しなど自然の如くにておもしろし。この時、半晌黒平が奸計にて二たび管領家の仮緝捕の事あり。この故に綱五郎は罪を身に引うけんとて狭七におふさを妻せて糸店を譲るに至る。その婚姻の夜に狭七・小いとが走るに及て、昔五十四塚東六と神原矢所平が其子の為に約束して納采になぞらへたる小柄と扇と各其主のかへりしより破縁の兆になりける故に、後終に小糸は狭七の妻になり、大総は綱五郎に妻せらる。このこと奇にして妙ならずや。

　但し半晌・山魅が仮緝捕と狭七はさら也、綱五郎も始終悟らずして是が為に苦しめられ、死を究めしはいかにぞや。是等は雑劇の脚色に似て己が筆には似げなきものから、世話物語なればかくてもあるべし。是より下、礫川の巻は上に自評しぬるが如し、但五十四塚東六・神原矢所平幷に且開は悪人にあらざるに、枉死は快からねども、皆是一八が冤鬼の祟のみ、怨霊終に解脱に至りて後栄あればゆるすべし。是を一部の因果物語といはんも亦勧懲に由ありとせん歟。

**【注】**

（1）義太夫本『本朝育』の小石川の段

（2）『糸桜本町育』の誤字。浄瑠璃『糸桜本町育』（安永六年〔一七七七〕三月、江戸外記座初演）は紀上太郎作。
京摂の間にて上瑠理本にさへ作りたり

馬琴『近世物之本江戸作者部類』（天保五年〔一八三四〕成）巻二上に、次のようにある。なお、『近世物之本江戸作者部類』は、木村三四吾『近世物之本江戸作者部類』（八木書店　一九八八年）を参照。

文化十年癸酉の秋、大阪にて『糸桜春蝶奇縁』の趣を浄瑠璃に作りて、人形座にて興行しけり。その浄瑠璃の名題を、『姉若草妹初音本町糸屋娘』といふ、佐川藤太・佐川荻丸・吉田新吾合作と印行の正本に見えたり。……文化年間、浪花にて曲亭の読本を浄瑠璃に作りしもの三種、そは『稚枝鳩』『弓張月』『春蝶奇縁』、是也。他の作者には京伝といへどもあることなし。

（3）焼板

火災によって板木が焼失しても、権利は残る。

（4）『南何夢』なる半七・三かつが奇遇

前出徳田書に、次のような指摘がある。

山内憲政が小糸を迎え取ろうとすることが、憲政と扇谷朝興の女との婚礼の妨げとなるので、長尾景春は神原狭五郎をして小糸を始末させる計を立てる、狭五郎は一旦は小糸を斬ろうとするが、小糸の身の上を知って、一緒に逃げる、という話が第六段に亙って展開される。この話の型は、馬琴の先行作品である『三七全伝南柯夢』（文化五年刊）巻二「華洛の僑居」および巻四「夜半の月魄」、主君吉稚が舞々三勝に眷恋して大金を消費しているので、その罪を代って負うために半七が三勝を誘拐して逐電し、白河山の麓で三勝を斬殺しようとするが、三勝の身元を知って、一緒に近江国に行く、というものと、ほぼ同じである。……ただし、小糸が狭五郎の元来の婚約者小草の妹であり、小草亡き後には小糸を娶れ、というのが父神原矢所平の遺言であった、等という細かい設定は、勿論、『南柯夢』とは違えているのである。

## ◐『旬殿実々記』　拾冊

上編五冊は可もなく不可もなし。与次郎が孝、おしゅんが取られし抔は、やりがたき処へ遣す作者の用心、新奇とやいはまし。但し山の手谷の段にて与次郎がほう剣をひらひ取りながら、是を筒井家へもて行て訴ざるはいかにぞや。父が枉死もこの法剣故なりと云ことは、与次郎かねて聞知りたるにもてゆかざるは、作者の自由に出て自由にあらず、是を前編の疵とすべし。

但しお筍とお旬と其字相似て淫婦お筍が首を撃落して、筍の竹冠を取除きたるにたとへて、お旬を殿兵衛に妻する早苗之進の評、尤奇也。この外はさばかり自賞すべき大場なし。頑三郎が雪中の白衣（シロコ）は当時得意の趣向也しを、後に思へば、雑劇などにてこそ見ばえもあらめ、是を文に写し画に著しては影画の美人に相似て見ばへなし、労して功なき技とやいはまし。

後編は前編に劣れり。お旬・殿兵衛が隠家の段に、殿兵衛が実父紀左衛門の後妻おさわが女児を倶して来て、三絃の弟子入に仮托し、お旬・殿兵衛が縁切の事に至る迄、都て落を看官に取らまく欲ししのみにて、うち見はおもしろく聞ゆれども、只あだ〳〵しくかなしくおもはるゝのみ、理義には叶はず。何となれば殿兵衛の実父紀左衛門は理義分明の正人也、こゝをもて殿兵衛が童年たりし時、早苗之進の養嗣にせられしより、今に至る迄、迭に音信を許さず、然るにおさわは殿兵衛・お旬が実情実事を知らずと云ども、お旬と縁を切せて、殿兵衛を親の家に呼取らまく欲ししはいかにぞや。且おさわは殿兵衛がをさなかりし時のめのとなれば、前文の訳を知りたる者也。こゝらは都て雑劇(1)の『おしゅん殿兵衛』の縁切の段に摸擬したる故に、無理なる趣向は出来し也。されども婦幼はさら也、当時の看官かくまでにも、理を推、義を詳にする者稀なれば、こゝらをいたくうれしがりて、この書のよく行れしは、偶中の一得、板元の僥幸。

堀川の段にて、先だちて殿兵衛に頑三郎を撃とらせて、且殿兵衛が尋る宝剣は早く与次郎が手に入しをこゝに至りて、敵の首と宝剣と交易して損得なしの勘定を合する段は、亦是新奇に似たれども、所謂、張公酒を喫して李公酔ふの類にて、迭に本意なかるべく労して功なき事ならずや。蓋与次郎は孝子也、必父の仇を討べし、殿兵衛は忠義の士也、必宝剣を尋出して君父に罪なきを謝すべし。しかるを与次郎は父の仇を殿兵衛に撃れ、殿兵衛は尋る宝剣を与次郎に拾ひ取られ、そを交易してよしと思はゞ、何をもて孝子忠信とせん、是等の趣向甚わろし。作りざまは尚あるべきに、当時作者は得意の佳作として自負の心あり、世の看官も是を歓て、板元の一くらを賑はしけるは怪むべし。

この書は『春蝶奇縁』と同時に板は皆焼てあらずなりしを、いと惜く思ひしも惑ひにて、今思へば惜むに足らず。焼板になりしは、反て後安き心地すなり、一笑千笑。

【注】

（1）雑劇の『おしゅん殿兵衛』の縁切の段

『近頃河原達引』（天明二年（一七八二）初演か）堀川の段は、おしゅんの母が近所の女児に三味線を教えている場面から始まるので、その設定も利用し、おしゅんの母と兄がおしゅんにお尋ね者の殿兵衛と縁を切るように迫る場面がある。

## ⓾『墨田川梅柳新書』　六冊

この新書は三十九年前、文化三年の愚作なれば、情態をうつすに疎略なれども、筋は安らかにて無理なる趣向少なし。

但し白拍子亀菊を大奸悪なる毒婦に作りしは余りの事に覚ゆ。且吉田少将惟房が恩賜の剣夕告は目貫に金の鶏あり、是を帯る者人を害せまく欲するときは、其目貫の鶏忽ち鶏鳴を発するといふ大奇を聞知りながら、惟房是を懐にして亀菊を刺まく欲しし故に、事早くあらはれて、反て彼身を亡びしは、惟房の用心浅はか也。こは後に至りて亀菊がこの夕告を懐にして一院を脅奉らまく欲しし時、早く鶏鳴を発ししと正対也といはゞいふべけれども、いづれまれ惟房の用心愚にて気の毒也。又山田三郎が苦肉の計をもて妻と女児を殺ししも労して功なきに似たり。山田三郎が母既に忠死したるに、又妻と女児を殺すはあまりの事歟。又梅稚丸は一旦妖狐の身がわりにて危殆をのがれしにいくほどもなく忍宗太にうち殺されしは、本分の故事ある故にて、作者の自由になしがたきは勿論ながら前後不都合なるに似たり。況又松井源吾は弑逆に同様の大悪人なるに、只きり殺されたるのみにては飽ぬ心地を最後に梅稚の霊夢に告げて、霊亀の故事を談じ因を推し果を示す談にて、壱部の勘定はよくあふたり。(1)

右評する処は大疵にあらねども、今に至りてはいはざることを得ず、全体は安らかにて松稚の後栄あれば『怪鼠伝』には勝れりとやいはまし。

【注】

（1）本分の故事

梅若丸伝説について、馬琴は以前から興味を持ち、『俳諧歳時記』（享和三年（一八〇三）刊）上に、「墨田川梅柳山隅田院木母寺の縁起」を引用している。

## ○『皿皿郷談』　六冊

かけ皿が興廃は『落窪物語』(1)によるものから相似て同からず、始終の筋よく通りて自然の如し。事は宋素卿におこりて、其子唐嶋素二郎が前後の二人り妻新奇也。貞婦あり衣の枉死は快らねども已ことを得ざる所あれば、死なざることを得ず。天目法印が両脚後に其実情をあかすに至りて、看官拍掌す。わた鳥が父に代るの忠、動静云為都ての人物紙上に瞭然として見るが如し。但不動の霊験と妒婦の寃鬼と一緒にて紛はしきやうなれども、よく見れば判然として紛るべくもあらず。生霊の前妻の墓に祟りするは、当時玉川辺にありし事(2)を撮合していよ〳〵奇也。

この一書は文化十年の冬十月稿果て、十一年の春発販したれば、作者の筆力既に熟して文も亦安らか也、今に至りて作者みづから是を思へば、当時第一番の佳作とすべし。

**【注】**

（1）『落窪物語』
　後半は『落窪物語』の設定を踏まえている。東洋文庫蔵『曲亭蔵書目録』に「落窪物語　六冊」と見える。

（2）生霊の前妻の墓に祟りするは、当時玉川辺にありし事
　浅井音吉「皿皿郷談の原拠について」（『説林』第三巻第十号　一九五一年一〇月）が、宝暦年間（一七五一〜一七六三）平秩東作『怪談老の杖』二「生霊の心得違」に、戸田家の侍が後妻に対して亡妻のことを褒めたところ、後妻は病みつくが、その後、亡妻の墓に怨霊（実は後妻の生霊）が現れる、という話が載ることを指摘。

## ◐『新累解脱物語』　五冊

累のさきに田糸姫を出して、ことの相似たるは新奇也。すけと田糸は貞女なるに不幸薄命は是非に及ばず。この両貞女死せしとおもはせて、実は死なず、結局に至りて出あらはれしは、看官拍掌すべし。但この絹川の段、都て人物の立まはり雑劇[1]に似たるを小疵とす。女児の人面瘡・生霊死霊の弁、無理ならず。そが中に累は貞女すけが前生にて、彼身も亦貞実なるに、西入権之丞が独子成金五郎の与右衛門に殺されしはいかにぞや。是一書中の大冤屈[2]なれども、累枉死せざればこの物がたり得成ず。作者の自由に仕がたき処、小説中の大難事ならずや。

この一書は文化四年に大坂なる書肆河内屋太助が需に応じて作し物語なれば、『皿皿郷談』より七年前の拙筆也。こも当時の佳作ならざるにあらねど、右の二小疵あり。是を『郷談』にくらぶれば一級を降すべし。

**【注】**

（1）雑劇

『伊達競阿国戯場』（安永七年〔一七七八〕江戸中村座初演）などを指すか。

（2）冤屈

志を曲げること。

## ◐『八丈綺談』　五冊

この一書は『皿々郷談』と同じく文化十年の拙作なれば、用心もよく届きて輪廻応報の段、貫通せずといふことなし。そが中に開場なる孝子木二郎が左の腕を斫落されたる、その後身才三郎に成と云、木と才の字形おもしろし。午句坊が後身をお駒にせしは又其■也。お駒が外に生駒ありて、おこまが淫なる、青蚨の成す処といふは故あれども、婦幼は反て歓ばざるべし。お駒が一旦岐蔵の妻になりしは人意の表に出る一奇にて、実録(1)に合するの由也。白木屋諸平が奸悪なる、丈八たつきは亦其上にあり(2)。因果塚は因果地蔵をうつし、和睦橋は和国橋をにほはせたり。おこまが最後になりこまの裾模様あるねま衣は、騎馬刑場に牽るゝの余韻なれども、今思へば求め過ぎたり。只この一書中に金魚船来の権輿と青蚨の事を詳に附載しは、世の看官に裨益あり。但し綉像(3)拙画なりければ是を遺憾とす。

予をもて今思へば、『累物語』に伯仲すべき佳作なれども、作者の用心は七分にて看官の見る所三分なればや、三十年の星霜を歴てこの書のことを云者稀也。

【注】

（1）実録

馬琴『兎園小説余録』（文政八年（一八二五）成立「白子屋熊　忠八等刑書写」によれば、享保十二年（一七二七）に、江戸新材木町の材木商白子屋庄三郎の婿養子又四郎に下女きくが手疵を負わせた。又四郎の妻くまは下女ひさの手引で使用人の忠八と密通しており、庄三郎の妻つねはきくを使い又四郎の殺害をたくらんだ、という話がある。前出徳田書参照。

（2）因果塚は因果地蔵をうつし、和睦橋は和国橋をにほはせたり

因果地蔵は、浅草寺伝法院の北側にあった地蔵。和国橋は、日本橋川支流の堀留川にかかっていた万橋の通称。

（3）拙画

絵師は、葛飾北嵩。北斎の弟子、文化文政の頃、読本・草双紙などの挿絵も描く。

## ●『俊寛僧都嶋物語』　八冊

今此一書の趣をうち聞くに、哀別離苦の愁情を旨と作りたり、当時文化四五年のころの看官悲泣の段を歓べばなり。然れども俊寛の事は『平家物語』(1)『源平盛衰記』に実録あれば、作者の自由に成しがたし、こゝをもて結局に至りてめでたし〳〵といふことを得ず、猶『怪鼠伝』なる清水の冠者義高の如し、一書の主人公後栄なき故にて、元来不平の談なり。

況亦亀主・蟻王が父黒居の三郎、蟻王が妻安良子の母児手、俊寛の内室松の前、息女鶴の前、黒居亀王、亀王が妻渡海、義士せうもん太郎に至るまで、忠義良善の男女数を尽して枉死したるは快からず。且亀王は渡海が色に迷ひて、主の用金を使ひ失ひたるのみならず、彼先度に逢ざれば父の三郎自殺して其子を奨したるに、亀王は猶惑醒ずして失ひたる金を調達せん為に、夫婦人かどわかしゆになりて、多く人の婦女を略売し、遂に暗夜の船中にて鶴前を弑し弟婦安良子を殺すに至る、かくては真の強盗にて忠臣孝子の夢にも成すべき処にあらず。後に至りて亀王は白川湛海と仮名して夫婦俊寛に仕たれどもさせる功もなく、夫婦ともに身を殺して、前悪を謝するに至るは、歌舞伎狂言浄瑠理本などにはあるべきことながら、勧懲を正しくしぬる己が筆には似げもなき第一番の拙作にぞありける。(2)

只是のみならで、きかいが島の段に、俊寛が其子に名のらざりしは哀情を旨としぬるのみ、『刈萱道心』の二の町ならざることを得ず。但し俊寛が鬼一法眼になりしと鶴舞の冤鬼が牛孺と婚姻の事は、新奇に似たれども共に其甲斐もなく畢竟酔中の一夢に異ならず、俊寛がきかひに壱人遺されたるその義を取りて、鬼一法眼になりしはもの〳〵しきに似ず、徳寿蟻王と共に長門にのがれ奈良に隠しといふのみにてめでたからず。徳寿丸・蟻王の事を後編にゆづりて漏ししは、実録に縛られたる作者のおろかごゝろなりけんかし。只虎の巻の真偽を弁ずる談は、大関目なれども、婦幼はさら也、是を愛る看官は稀なるべし。

抑此一書を文化四年に刊彫したる柏屋半蔵は其子に至りて母子離散しその家絶しより、この板何人の手に落たるや、久敷摺出すことなしと聞えたり。絶板にはあらねども世に稀となりたるは、なか〳〵に愚が幸なるべし。又憶ふに松の前と鶴の前の死は実録にあはせんとての所為也。実録に合ずとも、この母女は死なざるをよしとすべし。今にして予をもて是を見れば、後悔尚多かり。

【注】

（1）『平家物語』『源平盛衰記』に実録あれば、作者の自由に成しがたし

史実からの著しい逸脱をしないようにしていたことがうかがえる。

（2）前悪を謝するに至るは、歌舞伎狂言浄瑠理本などにはあるべきことながら、勧懲を正しくしぬる己が筆には似げもなき第一番の拙作にぞありける

文化期よりも、演劇との違いを強く意識するようになっていることがわかる。

## ○『四天王剿盗異録』　十冊

この一書は文化元年甲子の愚筆にて、今は四十一年の昔になりぬ。こゝをもて情態を写すことといまだ精細ならねども、全体筋よく通りて自然のごとく毫も無理なる所なし。畢竟は保輔が全伝なれども強盗なれば伝すべからず、この故に書名を『四天王剿盗異録』と題したる。此剿盗の二字大関目也。しかるに春水の(1)『外題鑑』に暗記をもて『四天王』とのみ録したるは遺恨の事也。

但し前編、岐岨の掛橋の段に、悪老嫗の冤魂、当時はじめの三歳なる朧丸にまつはるをいかにぞや思ふ看官もありけん歟、保輔が強盗たる是等の冤魂憑ずとも盗跖に対すべき魁首たらずと孰かいはん。然どもこの段ありて保輔が性悪にあらざれば、彼冤魂憑くことを得ず、虎につばさをそゆる所、この段なくばあるべからず。橋平と六郎二が籠にもられて谷へ下る段は、(2)文化四五年の頃ふき屋町にて名を代て雑劇にしたることあり。又四天王の出世その差ありて、綱が智・公時の勇・貞光の孝・季武の信、故実を失はずして保昌が礼をもて五常そなはれり。和泉式部が稲荷山詣を保輔に撮合したる、いとおもしろし。季武・姫松が奇縁は淫ならずして意味深し。鬼童丸と土蜘蛛を一身にしたるもはたらきありて、いとよし。最後に画仏尼が保輔を論破しぬる段は、くどからずして致論至妙也。説石尼がおのれの女児深雪の墓に保輔の首を合葬しぬる段迄、感じ思ふこと少からず。

今に至りて自評せば、是を当時の佳作といはんも過ぎたりとすべからず。この余の事は具眼の看官よく知れるもあらんかし。

【注】

（1）春水

為永春水は、寛政二年（一七九〇）生、天保十四年（一八四三）没。馬琴の作品を無断で再板して、馬琴の怒りを買うこともあった。天保九年（一八三八）刊『増補外題鑑』では、「四天王　前後十巻　曲亭主人作」とあり、正確に書名を示していない。

（2）文化四五年の頃ふき屋町にて名を代て雑劇にしたることあり

『近世物之本江戸作者部類』巻二上に、「顔見せ狂言に『剿盗異録』の木曽の桟道の段を狂言にせし事あり」とある。文化五年（一八〇八）十一月市村座『松二代源氏』のことか。

## ○『青砥藤綱摸稜案』　◐前編五冊　○後編五冊

前編五巻は文化八年辛未に創する処。第一第二は県井の巻にて県井司三郎が学問をもて禍福一ならず、其兄の僧と共に孝悌の故をもて倶に発跡の顛末を作り設たり。但し司三郎の父県井魚太郎幷に金刺利平二等は商旅なるに共に学問に勝れて、利平二は金沢文庫の学頭にさへ成り登りしは、当時の人物に相応しからずと思ふ看官もありぬべし。

抑この前編の六話説は、[1]唐山の小説を翻案して換骨奪胎の筆に成らざる者なければ、はじめに学問の編なきことを得ず。唐山はさら也、鎌倉時代也とて読書学問を好む商賈なしとすべからず、学問を武芸に代とはむくつけくて処女十六夜が痴情もせんかたなし。世間今昔金沢図書の如き学者いくらもあり、そを鍼砭するに足れる、この一編は佳作とすべし。第三は茂曽七が青牛黄牛の得失・その妻専女が淫奔・貝の翁の卜筮・茂曽七の弟曽茂八の冤屈・砥公の明断まで、さばかり難ずべきことなし。第四は加古飛丸の家督論・何がし和尚の棟揚の寿詞（ホギコト）・瓜の蔓切婆々の恩怨地を易る奇談、三編を一巻にしたり。第五は庶木中介が好む処の画によりて身を殺すことを述たり。但し逆旅主人由八夫婦が奸智にたけて、利欲の為に中介が妻年青（ヲモト）を奪ひ取らんとて種々の苦計を旋らし、屢毒要を施して中介夫婦をそこなひしは、彼人肉経紀（ヒトカドワカシユ）なる悪人鬼九郎にだも勝れるはいかにぞや。其人柄に相応しからず、是等は作り物語にて自然の如しとはいひがたし。況亦庶木中介は毫も悪なき風流の画工にて元は武士也、然るを由八に斫殺されしは快からず。予今是を作らば、中介は深手をおふて一旦死したりしを砥公の仁助（ジンジョ）にて蘇生し、後に其疵癒て妻と女児を携へて故郷へ帰へりしとあるべし、是等をこの編の小疵とす。そが中に由八が鬼の仮面を被て画鐘馗の霊に捉らるゝことなどは、作者蒲団上の工夫に稍出来し也。その仮面は中介が女児を権さんとて買ふて取らせしものなるを、当晩由八が手に落しは無理ならずして自然の如し。予をもて今是を思へば、県井上中下の巻を勝れりとやいふべからん。
後編五冊は文化九年壬申の愚筆にて、唐山の小説によらず、こと皆作者の肚裏より出し来れる。善吉・お六が賢良にして至功至義なるもて美談となすべし、遅也・お丑が邪淫毒悪、憑司・昌九郎が残忍奸智、よくその趣を尽して自然の如し。此編善人の枉死するものなく砥公の誠断に至りて、悪人皆誅戮せらる、抑又愉快ならずや。はじめ善吉が多賀の郡司に謬られて死刑に臨む時、お六が訴力あり、砥公其場に至るに及びて雲霧をひらきて、天日を見るが如し、この段尤第一の大場也。但し空蟬は毫も罪なし、六才の時に別れたる親をしたひ、良人井軽元二に乞ふて、稍故郷に来にけるに、是が枉死は造化の小児の手ぬかりに似たれども、これ将憑司・昌九郎が知らずして女児を殺す隠匿の悪報なれば、親の因果が子に報ふと云俗語をもて用捨すべし。此他いかにぞや思ふは、善吉が一旦出世して村長に成りては必奴婢二三人あるべし、然るに善吉が無実の罪にて禁獄せらるゝ、時家に奴婢ありては無益の文多くなる故に、作者の自由に省きたる也。奴婢ありても他等は恒例にてこの日皆藪入して家にあらずなどあらばいよ〳〵宜しかるべし。又白眉の長が鎌倉より其兄与惣が家に来ぬる時も、又与惣と共に善吉を訪をりも、長が伴当一人もなし、是等も伴当必壱人はあるべきに、なきはことにおゐて煩しき故に、胡意と(2)脱筆したるなるべし。
是等本編の小疵なれ共、全体当時の佳作なれば評すべし、宜なる哉。(3)文化年間大坂にて是を雑劇に取組て、嵐吉三郎が蚕屋善吉になりて大当り大入なりしと云、其狂言正本を河内屋太助が画入にして板したるもの八冊あり、世の人の知る処也。

**【注】**

(1) 唐山の小説

典拠に関しては、天保十一年（一八四〇）十二月十四日付篠斎宛馬琴書翰が参考になる。

『摸稜案』にあらはし候、善吉おろくの事は、当時上方にても去筋の読本出候。是は小説に出候事を翻案致候哉と御尋の趣、承知仕候。此儀は『江戸著聞集』のたぐひ成ぞく書に、お六櫛の事を聊書候物有之。お六と言才女、施人の賊難おすくひ候事有之。夫を聊取入候迄にて、其外は作者の腹よりうみ出し候趣向に御座候。又同処に題目出し候趣向は、年久敷事にて忘れ候へども、六巻にかゝんと思ひ候を、板元の好にて五冊に致候故、題目のみ出し置候也。都てかの書は、『智嚢善書』『棠陰比事』、宋之包拯が讞獄の事を書つめ候小刻の小説物壱部有之、夫等を少し宛取合候得共、三十年以前の事故、書名は忘れ候て、唯今急に思出しかね候。

（2）脱筆

説明が不十分であること。

（3）文化年間大坂にて是を雑劇に取組て、嵐吉三郎が蚕屋善吉になりて大当り大入なりしと云、其狂言正本を河内屋太助が画入にして板したるもの八冊あり、世の人の知る処也。

嵐吉三郎は、二代（一七六九〜一八二一）。

『近世物之本江戸作者部類』巻二上、

この年（文化十一年）の秋、大阪道頓堀中の芝居にて、『青砥藤綱摸稜案』を模擬したる歌舞伎狂言を興行す。狂言の名題、『定結納爪櫛』といふ……この狂言かひ屋善吉に嵐吉三郎孝女お六に叶珉子也、その明年十二年乙亥春正月、大阪の書賈河内屋太助、この歌舞伎狂言の根本……絵入にして印行す。

正しくは文化十一年（一八一四）八月大坂角の芝居市川善太郎座で上演されたもの。絵入本は、狂画堂蘆州画、文化十二年春正月刊。

## ○『復讐奇譚稚枝鳩』　五冊

この一書は享和三年癸亥の愚筆にて、文化元年甲子に出たれば、『剿盗異録』と同板元なる仙鶴堂が刊行したるより、今は四十二年を歴たり。吾三十七歳の拙文にて猶半熟半生の筆に成しかば、情態をうつすこといまだ細密ならねども、今思へば新奇多かり。

　はじめ楯縫九作が夢に弁財天九の字によりて吉凶を示す段はさら也、大地震にて九作が憶はず子をとりかへる段も新奇也。和漢の小説に大地震を写し出して物語の用にしぬるは、この書の外にいまだ見ず、後に至りて楯縫呉松が大雷震中に雷公所云（くわしや）を斫る段は、天地同震(1)の正対也。但しちどり・赤太郎が枉死は時の不祥といひながら不幸何ぞ甚しきや。この折綾太郎が実父福六と義弟呉松に再会しぬるは枯樹に花さく如く目出たし。後に至りて綾太郎は継母おさめに計られて、冤家字九郎が為にかへり討にせらるゝ段は快からず、看官弥不平なるべし。(2)当時合巻の画冊子に復讐の事流行したれば、予も亦此作あり。

　字九郎は大だてものにあらず、さるを綾太郎・呉松兄弟に撃せんは、牛刀割鶏にて過ぎたればおかしからざるべし。今意ふに千鳥・赤太郎・綾太郎共に死せりと見せて実は死なず、息津・音羽の如く観世音の利益にて救助延命のよしに作らば弥宜しかりけんに、当時は残忍惨刻なる物語を看官歓者多かれば、吾も時好に従ふてこの孝子夫婦一小児を枉死させしを後悔す。但し大井川なる千鳥淵赤太郎石を撮合したるははたらきあるに似たれども、この夫婦一小児の枉死は本編中の瑕瑾といふべし。福六・おさめが枉死は悪僧道玄が手に出て道玄に殺させず、その毒石を鳶がさらひもてゆきて福六が家の飯釜の内に墜ししは、天の作せる孽に似たり。おさめは淫毒の悪報にてこの禍ひにあひもせめ、福六は毫も罪なし、たま〳〵環り会ぬる実子綾太郎を字九郎に撃れ、彼身も毒飯をたうべて非命に終りしは、造化の小児の思慮足らざるに似たり。然ども彼毒飯をおさめにのみはませて、福六の相飯せざるはいとなし難き事也、その成難を再思して、福六枉死せずもあらば疵なき佳作なりけんかし。かくいへばとて備らんことを求むるにあらず、今此編を読せ聞て後悔の条を自評しぬるのみ。

又いづも尼子の段に、字九郎兄殖栗弾八が栖縫勇躬を陥るゝ段は、多く小説にある筋なれば評するに足らず。息津が復讐の五人斫は唐山稗史『石点頭』(3)なる「允レ婚烈女劒レ讐」と歟云一編を撮合翻案したる也。この後一両年を歴て堺町(4)なる雑劇にて瀬川路考(5)仙女なりが女の五人斫の狂言ありしは、『稚枝鳩』によれる也。只是のみあらず、当時京摂の間にて、此物語を『会稽宮城錦』(6)と云浄瑠理に作りて、その印本あれども見るに足らず、そは右まれ左まれ当時世の看官の『稚枝鳩』を歓べること知るべし。

周防山口の城の段に、城の兵饑て人肉を喫る段は、当時流行の惨刻に過ぎたれども、逆臣陶晴賢が従兵なれば相応しかるべし。この時山口の城下にて人胆を屠る段は、本朝の人情におゐてあるべきことならずと思ふ看官もありけんかし。こは戦国の最中にて右にいへる如く、看官惨刻を歓ぶ折なれば、時好に従ひしのみ。但し音羽が死は実ならで普門文の身代り、いとめでたし。息津が良人勇躬が牢死は実ならで馬川渡之介が遠謀ある故に恙なかりしは新奇にて、看官拍掌歓呼したらん歟。こは音羽が不死と正対也。されば息津が復讐は奸を鋤たるのみにして真の復讐にあらず、呉松が四人の仇を殺し尽ししは真の復讐にて淫陽虚実をやりちがはせたる、いとおもしろし。又字九郎が手下なる両小賊はさら也、字九郎・道玄は呉松が敵手に足らねども、字九郎が鉄炮を持たればいと危ふかりしを、叱丸の神刀飛来て松の枝を斫落し火縄の火を滅のみならず、息津が遺書の呉松が手に入りしも妙ならずや。然ば呉松は馬頭観音の冥助にて木馬に乗て三日の程に六百里を奔走し、おき津は馬川渡之介の救助にて死せりと思ひし良人に再会す、是亦仏人両馬の反対也。この木馬の事は第一回開場に伏線あり、作者の用意を知るに足るべし。
蓋此『稚枝鳩』は作者尚半熟のをりの筆なれども、今にして是を思へば、余の旧作に勝れる者也。若、綾太郎・千鳥・赤太郎・福六が枉死のことなくば疵なき珠ともいひつべきに、当時作者の用心時好によりて善人の枉死を厭はざりしは、只是のみにあらず。文化の季迄の旧作には間是あるを後悔するのみ、三たび肘を折きて良医に成るといふ古語も、この挙におゐて又いふべし。

【注】

(1) 正対
天保七年(一八三六)に『南総里見八犬伝』「九輯中帙附言」で示された稗史七法則——主客・伏線・襯染・照応・反対・省筆・隠微——の一つ。天保六年六月の石川畳翠『俠客伝四輯拙評』に対する答評(早稲田大学図書館古典籍総合データベースによる)に、
一に主客、二に伏線、三に照応、四に返対、五に襯染、六に重復、是也……伏線は後に新奇の趣向を出ん為に、はるか以前にチヨトその繫ぎをつけおく也……照応は、律詩に対句をとる如く、彼と此と趣向に対を取るなり……又これを正対といふ……初は石にて、後なるは猿なれば、趣向は似たれどもその物同じからず、故にこれらを反対といふ也……襯染は趣向の下染也……襯染と伏線と似たるやうなれど、襯染は下ぞめの義、伏線は墨打をしておくよしなれば、おのづから別也……憚りながら愚作は都てこれらの義によりて綴り候。

(2) 合巻の画冊子に復讐の事流行したれば、予も亦此作あり
「文化初年の頃より、敵討の趣向流行して」(三馬『式亭雑記』)とある。末期黄表紙における敵討ち物の流行を合巻でも受け継ぐ。馬琴にも『敵討鼓瀑布』(文化四年〔一八〇七〕刊)などがある。

(3) 『石点頭』
上巻 『復讐奇譚稚枝鳩』

明の天然癡瘠叟撰の白話小説。徳田武「『復讐奇談稚枝鳩』と『石点頭』」（『日本近世小説と中国小説』青裳堂書店　一九八七年）参照。

（4）堺町なる雑劇
『近世物之本江戸作者部類』巻二上、
　文化年間中村座の秋狂言に曲亭のよみ本『稚枝鳩』の復讐の段を狂言にして瀬川仙女が烈女の五人殺をせし事あり

（5）瀬川路考
三代瀬川菊之丞（一七八二～一八一二）。路考が女の五人切を演じたのは、文化二年中村座二の替り『全盛虎女石』の切幕のことではないか。ただ評判記『役者一口商』（文化二年三月）では、「女形にて五人切は人受うすく、はづれまして残念〳〵」とある。

（6）『会稽宮城錦』と云浄瑠理
『近世物之本江戸作者部類』巻二上、
　文化二年乙丑の冬十月、大坂の人形座にて『稚枝鳩』を新浄瑠璃に作りて興行したるに大く繁昌したりとぞ。これも作者は佐藤太にて、浄瑠璃の名題『会稽宮城野錦繡』といふ是也、曲亭のよみ本を新浄瑠璃にせしは是そのはじめ也、当時の流行想像すべし
『会稽宮城野錦繡』は、佐川藤太作で文化四年に再演もされている。

## ○『三国一夜物語』　五冊

この一書は、今より四十年前、文化二年の拙筆なれば、都て忘れしを読聞くに、是は当時の一大佳作にはありける。其第一回に、義満富士を御らんじて富士を得給ふこと、この書の関目なればいとよろし。只今川泰範が富士の故事を弁じ、富士右門が浅間照行と舞楽の討論は婦幼の為には厭るべけれど、一部の実目こゝにあり。具眼の看官は必作者の用意を知るべし。又富士右門が大亀の死を救ふて是を海に放つ段は、第十回に至りて、富太郎夫婦が必死の厄を免るゝ伏線なるをいへばさら也。第二回に、富士右門が譏に五両の金を借まく欲する故に、女児小雪を悪人五四郎に騙略せらるゝはいかにぞや。浅慮の至り、右門が人柄に似げなし、勿論その折右門は家に在らず、彼笠を証として小雪を五四郎に預けつかはししは、妻の三雲が所為なれども、是亦良人の意なればそのあやまち右門にあり。爾ども君子も亦禍ひのよる所千慮の一失なしとすべからず、只是小雪が薄命の係る所と知らば深く咎めずもあるべし。この下も、右門が尾張路にて小雪ならんと思ひたがへて、桜子の大厄を救ひ得て遂に媳婦になす段は、『稚枝鳩』なる楯縫九作が大地震の折、あやまちてその子呉松なりとして福六が独子綾太郎を救ふ段と禍相似て、その事同からず、いよ〳〵奇にしてます〳〵妙也、と己は思へり。この下、合法が衚衕の閻魔堂にて浅間左右衛門が不用意に富士右門を焼討する段も新奇也。然ども焰消（又塩硝に作る）は製してこそ火薬にもなれ、只地上に生じていまだ製せざる物に火の移るべきことなしとて、昔是を難じける人あり。そは理論にて虚談を旨としぬる小説の本意にあらず、地上にある焰消に火の移るや移らざるやいまだためし見ざれば知るよしなけれども、素より火薬なればしか作り設たるのみ、豈実にその事あらんや。そを云云と理論しぬるは仮をもて真となすなれば、予が取らざる処也。この前段、富士・浅間が武芸のしあひは伶人に相応しからぬやうなれども、戦国の最中なればなしとすべからず、但し村主兵介は忠義の老僕なるに浅間に撃れしは惜むべし。この時桜子が人をつとふる為にはじめて太鼓の用あり、看官こゝらを等閑に見すごすべからず。後に三雲がこの太鼓を打て冤家に擬ふる段は、謡曲『富士太鼓』を写して又太鼓の用あり、右の桜子の太鼓と正対也。卯原が萩の花餅を贈りて、富士母子を毒殺せまく計しが、反その餅を盗人五四郎が食ひて自滅の段は、善悪応報自然の如くにて愉快也。長門下の関なる妓院の段は、是までの機を一転していよ〳〵おもしろし。浪路・浪江が客争ひ風流の余韻至れり尽せり。浅間が浪路と走る段に、浅間が波江を殺ししは悪人の邪計、看官の意外に出て浪路が後悔さもこそとおもはる。富士太郎が吉備の中山にて大病の段は、看官共に頭痛八百なるべし。三雲が自殺して桜子を励す段はあるべき筋ながら、是よりの後、桜子はおさな子を抱きて逆旅に赴き良人にめぐりあふて復讐の段まで、作者難義の筆なるをよく見る者は稀なるべし。鳩胸巓なる浅間が隠家の段は、尤大場にて浅間を隠して卯原を十二分に使得たる、いと面白し。信徳尼が叡太郎を救ひとりて、こゝに将て来て高灯籠の功徳を称賛しぬるは出家質気にて善悪用心同じからぬことの間違、いとおもしろし。このをり浪路は富士太郎が女弟小雪なることも知られ、浅間は父の仇なるを知らずして身をまかせしを後悔し、兄知一に撃れて孝貞苦節に死する段、いとあはれにも妙なるかな。若他作にて自評せば神出鬼没といはまくほしとおもふは、已惚（ウヌボレ）ごゝろを惑はす天狗の所為にやあらむずらん。これよりの後、富士夫婦孤島に漂泊して、終に浅間照行等を衂にして播摩へかへる日に、彼信徳尼は村主兵介が妻老曽なることも、又浅間に殺されたる浪江は兵介・老曽が女児なる事も分解しぬる、一時の輳合妙ならずや。この壱部の小説中、立消する人もなく出没詳ならざる男女なきは、例のことながら作者の用心を知るに足るべし。

　当時復讐の合巻画冊子をさ〳〵流行したれば、(1)愚も亦この一作あり。(2)文化三四年の頃にやありけん、大坂なる雑劇にて、この『一夜物語』を狂言に取組て『敵討高音の太鼓』と名題し、「片岡仁左衛門が浅間左右衛門生涯の大出来大入也」とて、旧友和田昌調[3]が郵書にいひおこしたることあり。其をりの狂言絵本今も尚蔵めて破簏中に在り。富士太郎は嵐三五郎[4]、桜子は沢村田之助[5]なりき、其余は皆忘れたり。予『三国一夜物語』を読見ざること三十八九年なりければ、都てうち忘れて世を隔たる他作の心地す。こゝをもて自作といへども他作のこゝろもて自評しぬる者、只この一書のみならず、前に録せる旧作も皆同じ心ばへなるを知るべし。

抑この一書は文化二年乙丑に江戸四日市青物町なる上総屋忠助が刊刻して、次の年春正月発販しけるに、同年三月四日の大火に忠助類焼したれども、この板は火を免れたり。かくて忠助は吉町に仮宅してありけるに、いく程もなく堺町火事に忠助又類焼して板もなごりなく焼にきといへり。予が蔵本は天保七年[6]の秋やんごとなき方さまにまゐらせたれば、近曽見まくほしくなりて、是を市に求るに得難ければ、殿村篠斎子[7]に就きて、彼地にて求め得たるこの一本は年来貸本にしけるものなれば、画中に無慙の書入多く且破裂して海松の如くなるを、篠子手づからうら打修復しておこされしをこたび読せてうち聞物是也。因て又意ふに右の編中情態を尽さゞりしは、作者半熟の筆に成りて疎略なるにあらず。当時板元の誂にて全本五冊百廿四五丁にて終らざれば宜しとせず、此故に文中に但見なく情態を尽すことを得ざるは是が為也、拙筆に新旧精粗あるは余も是に倣ふて知るべし。又意ふに右の論中浅間が為に死する者、富士右門幷に其妻三雲・右門が女児小雪一名浪路・村主兵介・兵介女児浪江、是也。この四男女は忠貞孝義にして枉死しぬるは勧懲に害あるに似たれども、皆已ことを得ざる所ありて、各その死あり。こゝをもて死して其忠貞孝義の名いよ〳〵芳しかるべし。『怪鼠伝』なる唐糸以下数人、『島物語』なる鶴前以下数人の如き、死して後栄なき者と非を同くして論ずべからず、只惜むらく此書焼板なる故に、今は市に絶なんとす。書賈等再板に心なきは好書なるを知らざればなるべし。

再おもふに、三雲が病中に陽睡して旧僕が来て告る富士太郎が大病を聞知りたると、卯原が手を負し時、陽滅して浪路が素生を聞知りたると、陽睡陽滅の反対なる。又閻魔堂の焰消と鳩胸巓の高灯籠と火によりて敵を征する反対也。この他尚あり、さのみはとていはず。

抑この編の自評は略中の精なる物、得意の愚作なれば也。『春蝶奇縁』の如きも共に焼板にて、作者の得意なるものから『一夜物語』に及ぶべくもあらねば、そのよき処を略して、こいし川の巻をのみいへる也。右自評十三四編を上巻とす。此余も代読代筆の者のいとまあらんをり〳〵に読せ聞て、且自評してもて、此書の下巻と成すべし。

天保十五年三月下澣　著作堂老禿

【注】

（1）『敵討高音の太鼓』

『近世物之本江戸作者部類』巻二上に、

『三国一夜物語』は発兌して後、大坂にて歌舞伎狂言に取組て興行しけるに、片岡仁左衛門が浅間左衛門生涯第一の大出来にて、看官群聚三四十日衰へざりきといふ、江戸の読本を浪花にて歌舞伎狂言にせし事是をはじめとす。

天保十二年（一八四一）一月二十八日付篠斎宛馬琴書翰に、

右狂言根本『高音鼓』は、文化中片岡仁左衛門、浅間左衛門にて大当りの由、及聞候所、右『高音鼓狂言』根本、旧冬大坂にて出版致候由、桂窓子より被告候。

文化五年（一八〇八）八月大坂角の芝居藤川座で初演された『復讐高音鼓』、同年十一月に京南側芝居亀谷座で間の替りとして再演。浅間は両座共に仁左衛門。富士の三五郎も同様だが、田之助は八月のみ。絵入根本は、天保十二年刊『敵討高音鼓』（歌川貞芳画）、天保二年、十年と大阪で『復讐高音鼓』が上演されたことを受けて刊行されたものか。

（2）片岡仁左衛門

七代（一七五五〜一八三七）。

（3）和田昌調
馬田昌調の誤字。文政元年（一八一八）没。医師・戯作者。馬琴は大田南畝から紹介状をもらい馬田と大坂で会う。

（4）嵐三五郎
三代（生年未詳～一八三三頃）。

（5）沢村田之助
三代（一七八八～一八一七）。

（6）天保七年の秋やんごとなき方さまにまゐらせたれ
天保七年十一月十日、林宇太夫宛馬琴書翰に読本売却の件があり、本作の書名も見える。

（7）殿村篠斎子に就きて、彼地にて求め得たるこの一本
天保十二年七月二十八日付篠斎宛馬琴書翰で、当該書が入手できたことを深謝する。

拙翰本文に如得御意候。御両君御覧の上、黙老[1]人え御廻しに被成ず候はゞ、御用相済候時、御幸便に御返し可被成候。老人え御廻し被成候はゞ、一読後小子方へ被返候様被仰遣可被下候。右両用の内、何れとも御勝手宜敷様に奉頼候。以上。

三月廿六日　著作堂

篠斎大人

桂窓大人

【注】

（1）　黙老

木村黙老は、安永三年（一七七四）生、安政三年（一八五六）没。高松藩家老で、和漢の文芸に精通し、馬琴の知友の一人。

## 【下巻】

# 拙作旧刻の物の本略自評巻の下

### ○『月氷奇縁』　五巻十回

この一書は、今より四十二年前、享和三癸亥年、吾が半紙形のよみ本を編演しける初筆也。当時江戸の書賈等いまだかゝる物の本を刊刻せまく欲せざれば、大坂の書肆河内屋太助にかたらふて、彼手に刊附させたる也。こゝをもて画工厥人も浪華の諸職匠に任せたれば、校訂届かで誤脱はさら也、如意ならざる者多かり。そが中に弟第二の第を弟に作りしは今さら見るも苦々しく、筆工の誤写を恨るの外なし。この他つけがなに多く誤りあり、又てにはを誤りたるも少からず。況又(1)二の巻までを画きたる画工（名を忘れたり）久しく病臥にて終に身まかりたれば、河太則別人に画せなどする程に刊刻も等閑にて、遂に三とせの光陰を経て、(2)文化二年乙丑の秋のころ、稍五巻（イツマキ）を彫果て製本すと聞えし程に、文金堂河太の主管嘉七と云者江戸に来り、『月氷奇縁』の製本は船積にしたりけるに、其船勍風に反覆して数百の製本水屑になりしかば、嘉七驚悔て急に大坂なる主人にこの義を告げて、更に製本を求めしかば、この年の十一二月の頃、再度の製本江戸に至来して売出しけるに、思ふにまして時好に称ひて、其五七百部立地に売尽しつ、次の年の春までに千二三百部売れしかば、前の水損を補ふて猶利ありとぞ聞えける。是よりよみ本いたく流行して、生作者のゐせよみ本年毎に多く出て、一旦は売れしかど、見るに足らざる者なれば、看官はやく飽果けん。文化の季にいたりては、ゑせ作の新板を刊行する者稀になりにき。是等は自評の外事にて要なきに似たれども、今はしもかゝることをよく知る者もあらざめれば、筆のついでにかいしるさせて同好の君子に示すのみ。此書今は忘れ果て一事も記憶せざりしを、いぬる日婦幼に読せ聞て、又略自評していと長き夏の日の日ぐらしと倣せる旨、左の如し。

この書を『月氷奇縁』と名づくるよしは、羽隹の宝刀と玄丘の明鏡と孝子熊谷倭文と弟女三上玉琴と一旦分離して奇しく再会しぬる義也。所云羽隹は山鶏也、又倭文・玉琴なり、玄丘は白狐也、人明鏡也。剣(ツルギ)を氷に比し鏡を月に比す。是を一部の主人公と見るときは、その義分明なるべし。

○さて第一回に、永原左近が侍婢漣漪を疑ふてこれを責殺す段は、残忍惨刻に過ぎたれども、短慮性急の人の上にこれなしとすべからず。然ば漣漪の冤魂盗賊石見太郎を引出し、此賊の手びきをなせるが如きは、その生始に罪なしといへども、死後に至りて酷しき罪あり。云所永原左近を殺す者三人あり、そが中に漣漪の冤鬼その魁首也。又永原左近が鼠の卵をぬすむを見て、漣漪罪なかりしを悟得て後悔しぬる段は、唐山宋の時、是に似たる事実あるを撮合したる也。又舶来の山鶏の事も寓言なれども、応永中、足利義満の時世にはふさはしくてありそうなることなれば、開場の出し物最よし。又永原の家吏上市丹治(ワカタウ)が妻を諫めかねたる段に、只叱り退けらるゝとのみかろうしるして、こゝにては亡命のことをいはず、後に至りてこの丹治親子に一役つけたるは、看官の意外に出て巧者の筆とやいふべからん。

○第二回、永原左近が前妻唐衣の病中に拈華老師が剣鏡を授て、後の吉凶を示す段は、第十回に、熊谷倭文が冤家石見太郎の首を父の墓に手向る段に、拈華の石碑を見出して因果の免れがたきを悟る段と照応也。(4)且その段に拈華を出さずして、偈句にてことを済ししは省筆にして最宜し。(5)偈句は作者の自作なれども、其用意浅からず、今さら感心せらるゝもいとをかし。○是より先に三上和平が祖女を娶らまく欲するにその事ならず、いく程もなく左近が祖女を後妻にしぬるに及びて後、終に倭文に両個の冤家出来べき伏線なれども、当時和平が怨言なければ、其馬脚聊も露(アラハ)れず深いかな〳〵。又石見太郎が数千両の軍用金をぬすみとりて猶飽かず、彼船来の山鶏雌雄を籠より引出して刺殺しけるは、素より要あることなれども、こゝにては何等の故とも知れず、是も亦作者の用心深いかな〳〵。この山鶏の殺されしによりて、高員誤り猜して狐の所為ならんと思へり。是によりて狐猟のこと起る、そのこと自然の如くにていよ〳〵妙也。

○第三回、永原左近が後妻祖女姉唐衣の生みける源五郎をかき抱き家吏喜内に倶せられて近江を退れ去、山中にて喜内は山賊の為に戦死し、祖女も既に危ふかりしを観音堂の辺にて、三上和平是を救ふて己が奴隷をもて送らせて大和へ落しつかはす段は、後に至りて和平夫婦が吉野川に身を投ずことの張本なれども、こゝにては其機変露ばかりも顕れず作り得て深し〳〵。○此のち佐々木高員和平に命じて志賀山に狐を狩する段に、白狐和平に救を求め、和平もその冤なるを知りて都ての狐を射ざるの故に、罪を主君高員に得て近江を立去ることなども自然の如くにて無理ならず。山鶏死して霊狐顕、祖女・和平が着落いまだ詳ならずして倭文・玉琴世に現(アラハ)る。譬ば永原左近その前妻唐衣等身まかりて、羽隹玄丘の剣鏡世に顕るゝこと相同じ、一書の巧致深いかな〳〵。是までは本伝の発端也。この後多く年を経て倭文・玉琴の伝を立つ、玉琴先顕れて倭文後に顕る。便是陰中に陽あり、亦是作者の用意を知るべし。

○第四回、玉琴年六歳の時、悪人に勾引されて遠く東路に来つる時、植杉憲忠の夫人(オクガタ)膳手御前の轎前に退れ来てその救を得ぬる段に、玉琴其身の由来を説くこと明白にて、且松葉をもて彼悪人のえりを縫しにより、悪人立地に搦捕れしは奇談なれども、其言語才照見六歳の童女に相応しからず、実に是神童なり、才女也。しかるに己が故郷の名も親の名も覚えずして送かへさるゝによしなかりしはいかにぞや。是等は作者の自由に出て才女の応対不都合なるに似たり。○玉琴膳手御前に仕へて年十五六になりし時、憲忠の長臣海部大膳是を養女に賜りて彼家にありし程、隣屋舗なる熊谷倭文と絃管の調によりて恋憐の事は、唐山の小説にも間是ありて珍らしげなきものから、冬に至りて屋舗境の群樹落葉して、男女はじめてその面(ヲモテ)を認る段などは艶中の艶也。この時倭文は身に父の仇ある知らず、玉琴も亦養父大膳を忠臣ならずと知る故に、稍地にこの良縁を結ばまく欲するなれども、奇才の男女淫奔の罪を免れず、他作は知らねど吾が筆にはいかにぞや思ふ也。今ならばか丶らでも尚作りざまあるべし。且倭文は憲忠の近習なるに仕る奴僕一人もなし、よしや要なき人也とも従僕一二人はあるべき誤也、是等は作者の脱筆なるべし。○海部大膳玉琴が才ありて且忠義のこ丶ろ浅からざれば、己が反逆を知られんことを怕れて、稍地に除まく欲する段に、とらへて饑しめし狼の事家吏郷平・軍内に計策を授、竹獵に事よせて山路に出し遣し、彼狼に啖せまくしけるに、狼はいたく饑て反て人を恐る丶故に、この計行れず。但しくだんの狼は後に寿郎治が大和路の山中にて追走らせける雪中の野猪と豺猪空華の(6)正対也。されば彼をり倭文は猪の皮をかづきて養父寿郎治に再会し、玉琴は花水橋にて郷平・軍内に水中につき落されてはじめて情郎に相会す。又是養父義子の再等と才子佳人の初会と山水月雪の反対也。但し当晩玉琴は倭文が釣船に死を免れし再生の恩あるといへども、やがて枕を並べしはいかにぞや。今にして是を思へば、玉琴彼をり倭文に心を任せて身を任せず、異日を契るなどあらば、淫奔に渉らずしていよ〳〵妙なるべきに、只時好に投黙とのみ欲せしは、思ひ足らざる初筆なればなるべし。

○第五回、玉琴ひとり家にかへりて郷平・軍内の奸悪を養父海部大膳に訴えに及びて、海部立地にくだんの二僕を手撃にして罪を他等に負せたれども、玉琴は其害心を悟りて事にかこつけて君所(ミタチ)に参りて、膳手御前に又絡事してあることなどは自然の如し。海部遂に管領成氏に讒言し成氏則憲忠を誅する段は、歳月共に実録を相交へたり。かくて倭文は海部大膳を一鎗に刺殺し玉琴と共に膳手御前に相倶して脱れて大和路へ走る程、吉野近き山中にて倭文思はず白獼猴に刀を奪ひ取られ辛くして其刀を取かへす段は新奇也。この獼猴後に至りて暗に倭文の助けになりて西洋布の財嚢の事まで皆この白獼猴の出し来れる所、いよ〳〵奇にしてます〳〵妙也。是より山中雪天になりて主従艱難の為体雪山暮景の但見さへ写得ていと宜し。此宵主従三人辛くして猟人の家に宿りを求めし所、倭文が彼白獼猴のことを主人（アルジ）に説示すによりて、禍鬼又起らまくする由を聞知りて驚きに堪ず、走り去まくする時に主人の翁、膳手御前と玉琴にふりたる蓑と筵を貸て雪を凌ぐ料にしぬるは、後に倭文が父寿郎治に再会の腹泉也。かくて倭文は追手を防ん為に途に立在し程に、追手は来らずして膳手御前に相後れそこらに散乱せる蓑と女の髪の毛と汗衫の片袖を見て、膳手御前・玉琴共に山賊に殺されたらんと思ひ惑ふて、その仇を引よせん為、宿の主人が取らせたる野猪の皮を被き伏して、思はず父寿郎治に相達ぬることの趣、又彼蓑・髪の毛・片袖はかゝる雪の夜に猟人野猪狼を惑はせて輒く討取らん為にしぬること、又両個の婦女子は寿郎治早く剿（イタハ）りて樹の元に在らすることまで分教、都て精細にて、看官の意表に出る者少からず。この逆旅の山中雪天日暮の光景写し得ずといふことなし。本伝中見るべき者は、此段と岐岨の馬籠にて倭文が玉琴の冤鬼に再会の段を、作者得意の筆とやいはまし。

○第六回、寿郎治が膳手御前、倭文が玉琴を倶ふて宿郷に立かへり、寿郎治が妻刀自倭文等に対面の事、倭文則君家滅亡の顚末を二親に告ることなどは評するに及ばねど、抑倭文は童年より鎌倉に赴きて憲忠に仕へたることの顚末詳ならず、素是植杉家に何等の由縁あるや倭文が母かたの所縁ありとも、彼身童年にて遠く東へ赴く時、所親に携られなどすべき事也。この義を一句もいはざるは脱筆に似たり。爾れども当時は看官も是を咎めず、この後年をふるまゝに吾筆漸次にくはしくなりて頊細のことまで漏さゞりしは精粗生熟必時あり、おのづからなる勢なるべし。

○第五回の評中にいふべかりしを漏したればこゝにかいつく。膳手御前逆旅の間、倭文・玉琴が情由（ワケ）あるを猜してみづから媒酌して他等を夫婦になし給ふとあるは、この段に至りて、倭文・玉琴は共に身を悔怨みて吉野川に身を投まくしぬる照応也。○しかるに寿郎治は玉琴を海部大膳が養女なりと聞知りて、其野心あらん歟と阽む故に、倭文に是を殺せと云、既にその暗号を定め寿郎治先玉琴をよびよせて其素生を問ふに及びて、玉琴は六つの歳に失ひて生死存亡を知るよしなかりし己が女児照子なるを悟得て、刀自共侶に歓びに堪ず。しかるに倭文・玉琴は同胞なるをはじめて知りて、迭に身を悔恨めどもすべなし。二親臥房に入るに及びて共に宿所を走去て吉野川に身を投んとしつるをり、寿郎治・刀自が膳手御前を負まつりて追来ぬる物音に便りわろければ、倭文・玉琴は枯葦の中に身を隠して遣過さんとしぬる程、寿郎治・刀自等は水際の松に脱掛たる倭文・玉琴の衣を見て悲みに得堪ず。寿郎治竟に懺悔のおち〳〵、寿郎治旧名三上和平にて、刀自は永原左近の後妻袙女なりしこと、又石見太郎の事、又和平が袙女を計りて終に夫婦になりて玉琴の照子を生せしこと、又倭文は小名源五郎にて実父は則永原左近実母は袙女の姉唐衣なれば、玉琴と同胞ならず母方の従弟どちなりしこと、又倭文が父の仇は石見太郎と和平なりし事まで詳に説あかす程に、倭文・玉琴憂を転じて枯葦の中より走出ていまだ死なざるを示し、袙女は和平に計られしを慚愧後悔し、和平に聊疵つけて彼身は早く刃に伏し、和平も亦自刃して共に吉野川に沈む段は、『女夫が池』(7)と云ふるき浄瑠理本の三段目を剽窃摸擬したる也。爾れども其文異なれば、看官心つかざるも多かるべし。かくて鎌倉より膳手御前の迎として植杉房顕の家臣中村兵衛が尋来つ、膳手御前轎子に乗られて鎌倉へかへり行をり、倭文・玉琴は復讐の暇を給はりて寄り留ることなどは、其手廻し雑劇に似たれども、是則省筆にて作物語なれば許すべし。但し倭文・玉琴が松に掛たるは、主君恩賜の旧衣なるに彼をりとり蔵ること見えず。又和平・袙女は倭文にこそ恩怨相半する者なれ、玉琴には父母なるに、其亡骸を渉猟りて葬ることもなし。是等も上に評する如く、今見れば疎文に似たれども、当時は看官是を咎る者あることなし。是に由ても、文墨の流行、作者の精粗を知るに足れり。

○第七回、膳手御前鎌倉へ迎へられ倭文・玉琴和平が家に逗留の程、近隣よりも弔ひ来べく倭文も亦村長等に事のよしを告などすべきにそのことなきは、例の省筆に過たり。是等の上にいへるごとく、当村は只有用の事を旨とし、その余を略せる故也。かくて倭文が眼病百療功なく、独足立貂景が教によりて白き獼猴の胆を求るに至る、尤妙也。彼白獼猴倭文が為に良薬にならんとは、看官思ひがけなき妙筆にてありける。されば六田の虔婆媒して彼猟人に白獼猴を求るに價五十金に売んといふにより、玉琴終に馬籠の旅客に身を売て金百両を調達し、遠く岐岨路へ赴く段は、浄瑠理本などにもふるくよりしることにて、珍らしげなけれどもかゝらでは外に期なければ、新旧を論ずべくもあらず。是までの段どり聊も無理なし、愚は出かしたりと思へり。

○第八回、玉琴彼旅客に供なはれて岐岨の馬籠に至る段に、玉琴いまだ強盗魁首の隠宅なるを知らざれば、よろづ訝しく思ふことさもあるべし。只苦節を守りて主人の情意に従はざれども、主人勢をもて逼らずして恩をもて靡けんとて多く物を取らするは、玉琴敢歓ばず、終に玄丘の鏡を与ふるに及びて、玉琴この屋主人を冤家石見太郎也と亮察して、怒罵りて已まず、竟に鏡を庭の井に投沈むるに及びて、石見怒りて玉琴を斫殺為体暴悪の強盗にさるあるべきことながら玉琴其刃先を口にくはえて放さず、終に刃を噬折しは、列女の憤勇大塔の宮の俤ありとやいはまし。この時山前の牧笛節奏を資くるが如きはいと宜しけれども、本文漢文めきて和らぎなければ、看官飽ぬ心地すべし。石見太郎この一奇事に驚きて猛可に武蔵へ赴くことなどは手づかみにて例の省筆に過たり。よしや強盗の隠宅也とも大厦の主人たる者他郷へ移るに村長にも告ずして、一文紙鳶のきれたる如きは無造作なるかな〳〵。是吾が筆に新旧巧拙ある所以也。○倭文が眼病彼良薬にて癒るとも、玉琴あらずなりては、猶五七日の看病人必あるべき事也、爾るにその事なきは例の省筆に過たり。○倭文眼病癒て玉琴の音信を俟に久く便なければ、岐岨の馬籠と聞しをこゝろあてに、独彼地へ赴きてあちこちと尋るに知れず、其夕暮にいと大なる空屋に造り(イタ)て、玉琴の冤鬼に逢ふ段は、写得て尤宜し。是によりて石見太郎が武蔵熊谷の辺なる新島村へ移りし事も玄丘の鏡の事も知らなく段どり精妙也。かくて夜明て玉琴あらずなりしかば、倭文その冤鬼なるを悟りておきつきを尋て菊の花を手向、玉琴が自筆の短冊を得て古歌をもてかへしにしぬる情景も尤あはれ深し。本伝は詩句のみ多きを、こゝは必歌なるべき所也。但回末の証詩は作者の自詠也、この段は多く古人の詩を借用しとり、(8)当時作者をさ〳〵詩を玩ぶ故也。抑佳人の冤魂情郎に逢事は唐山の小説に間これあれば新奇にあらざれども、この一回は旨（ワザ）と看官を欺き得たる作者の用心浅からずといはまし。○忘れたり、倭文が玉琴のおきつきに水を手向んとて庭の井を汲程に、玄丘の鏡吊桶に掛りて出けるは自然の如し。はじめ石見太郎がこの鏡を取らんとて井を拐よせけるに得出ざりしは、霊狐の成す所、後に至りて分明也、妙々。

○第九回、倭文新島村に至りて石見太郎が隠宅を尋るにいまだ知れず。当晩客店に立かへるに、隣座舗に両個旅客あり、その一人は外に出ていまだかへらず、残れる壱人曩に倭文が大和なる猟人の家にて題したる「一個蒲団一個鍋」云々といふ詩を吟ずるを、倭文訝りて問まく思ふ程に、彼一人かへり来て石見太郎が事云々といふにより、倭文いよ〳〵訝りて其来歴を尋るに、この両個の旅客は曩に倭文に白獼猴を売たる猟人兄弟にて、父は昔永原左近に仕へたる上市丹治なることも知られ、又倭文が獼猴の價金五十両を虔婆もて遣しける時、丹治其財嚢の西洋布なるを見て獼猴を求る旅客は永原左近が孤ならんと猜して、両個の児子丹蔵・丹平に云云と吩咐て五十金をかへさまく欲する事など自然にして尤妙也。しかるに丹治が急病にて身故りしかば、丹蔵・丹平は時日後れて倭文に得逢ず、跡を従ふて馬籠に造（イタ）る程に一婦人の教によりて倭文は武蔵の新嶋に赴きし事も石見太郎が事まで詳に聞知りて、丹蔵・丹平は共にこの地に来て、先石見が在処を探り其出没を知るに及びて、はからず倭文に対面す。この湊合奇して亦妙也。石見は十人の手下あり、倭文勇にして武芸に勝（スグ）れたりとも、身ひとつにしてこの大敵を撃捕らんこと難かるべきに、今料らずして丹蔵・丹平の資助あり、看官思ひがけなけれ、巻を撫てうち笑かへし。○この宵、倭文・丹蔵・丹平等、熊谷坂の辺にしたまちして、石見太郎が十個の従賊を従へて外よりかへるを撃果す段は、評すべき事もなし。当晩坂上に多く蕉火を焼連ねて夜戦を援けしは、霊狐の所為ならんと、看官猜するもあるべし。但しこの復讐を熊谷坂の辺にせしは倭文が苗字の地なれば也。又倭文が本姓永原を名のらずして熊谷氏を冒ししは、はじめより永原左近が子なりと知られざらん為にて、且江戸浅草に熊谷稲荷と云両社あるによりて也。

○第十回、倭文仇を撃て熊谷寺の辺なる酒肆に立よりし段に、小厮等倭文主僕三人の衣の血に染たるを見て怕れて皆逃去しは、其跡にて要ある為也。かくて丹蔵・丹平が酒を喫してありし程、倭文がそゞろあるきして熊谷寺の墓所に造りし時、料らず玉琴に再会の段は、その為体、看官必冤鬼ならんと思ふ者多かるべし。しかるに玉琴は始より馬籠に行かず、霊狐の補助によりて、此酒肆に来て歌妓になり、且病臥の間主人の看病にあへりと云、こゝに至りて、看官はじめて玉琴が死なざるを知る、大奇々々。馬籠以来作者よく欺き得て妙なるかな。○この時倭文は主人に玉琴が病養の報ひとして金二十両を取らするとあるは過たり。玉琴この酒肆に逗留は両三月に過ぎず、且その病中に高價の薬を用ひたりとも聞えず、爾らば謝義は金十両にて事足るべし、この時倭文が懐なる金は七八十両あり、丹蔵・丹平がかへしたる白獮猴の價金もあれば、その中二十両は丹蔵・丹平に取らするを穏当とすべし。仮令くだんの兄弟忠義の心もて推辞たりとも他等が飼獮猴良薬になりて、倭文に功あり。又丹蔵・丹平は復讐の伴に立て忠あり功あり、倭文当座か些の報ひせずはあるべからず、かくいへば仮をもて真となすに似たれども、当時作者の思ひ足らざるを評するのみ。○この夜霊狐、倭文・玉琴が夢に入りてこしかたを告る段、昔志賀山の狐猟に三上和平が情によりて千百の眷属と共に死を免がれし事、其後報恩の志あれども、和平は隠匿の不善人なれば資るによしなし。こゝをもて倭文・玉琴が為に守護神になりしこと、又玉琴が身を売て石見太郎の妾になる時、霊狐早く玉琴に変じて馬籠に造りて、玄丘の鏡を取りかへし胡意（ワザト）石見に殺されしと思はせし事、白狐神通を得れば、剣鏡を怕れざることまで説示せしは、尤宜し。この夢の告なかりせば、霊狐の徳あらはれず、且石見太郎等皆撃果されたれば、馬籠にて仮玉琴が石見に殺されし為体を後に至りて誰かしるべきところで、この夢の告あり、是本回の大関目也。○丹蔵等が白猿と志賀山の白狐と正対也。何となれば白猿は神通なけれども倭文が眼病の良薬に成れり、倭文もし眼病癒ずば仇を撃ことを得ざるべし。又倭文はこの白猿によりて丹蔵・丹平を得て復讐の幇助となせり、されば白猿の大功徳、白狐の冥助と伯仲す。看官是を思ふ者稀なるべし。○倭文石見が首を腰につけて玉琴幷に丹蔵・丹平を将て近江へ赴く道中、彼馬籠なる空屋に立よりて仮玉琴がおきつきを見る段に、嚢に倭文が挿（サシ）たる菊の花爛熳と咲乱れ牝牡の白狐穴より出て倭文を見て、又穴に入るとあるは懐旧の情意のみ、件の白狐は素よりこゝに栖べきものにあらず。又この段に和合酒屋の事などをいへるは附会にて求めすぎたる也。○倭文冤家石見太郎が首を父永原左近の墓に手向る段に、中央に左近の墓あり、左右に前妻唐衣と伝婢漣漪の墓あり、又拈華老師が未来を示す偈碑ありといへり。昔左近が預る所の軍用金と舶来の山鶏を失ふて、彼身枉死したれば罪なきことを得ず、且其折後妻祖女は独子源五郎をかき抱きて亡命して大和へ走りたれば、彼家絶断勿論也。しかれば右の三箇の墓表は何人の建たるや、拈華の碑あれば彼老師の建たる歟、果して拈華が建たらば漣漪の冤魂も随て成仏したるなるべし、然ども本文に是等の事一句も見えず、こは必漏すべからざる事なるに、其事なきは脱筆也。○倭文佐々木高員に見参し褒掌を得て奉仕を辞し、玉琴を将て鎌倉にかへるに及びて植杉房顕寵用大かたならず、その後玉琴三男二女を生みぬ、長子某は佐々木家に仕へて一城の主になりのぼり、足利殿にも召されて戦功多しといへり。倭文が後栄さもあるべし、但しこの結句に丹蔵・丹平の事をいはず、是亦作者の脱筆也。蓋丹蔵等が父丹治ははじめ左近を諫かねて亡命したれども素より忠義の心あり。且丹治が兄上市喜内は祖女が近江を立去る時、山賊と戦ふて戦没したる忠僕也。況亦丹蔵・丹平は倭文が復讐に大功あり、然ば倭文が家の老僕になりて共に後栄あるべき者也。しかるに漏して備にせざるは作者初筆の疎齬にして、看官飽ぬ(9)心地すべし。

著作堂曰、上にもいへる如く『月氷奇縁』の一書は、吾半紙なる物の本を作る初筆にて、上に師とすべき大筆なければ、その文いと拙なけれども、一部の脚色は新奇多かり。是より先に『稚枝鳩』を読せ聞し時、吾ながら出かしたりと思ひしは、猶おろかにて、この後吾作れる五六巻なる物の本の内中、この『月氷奇縁』に勝れる物なし、惜いかな。其文只読書の人の為にして婦幼の為にせざるに似たり、こゝをもて唐山なる俗語に国字を交へてしるしたる如き所多く、そが中には手抓(ヅカ)みなる書ざまも交れり。且詩句を多く載たるは労して功なき技にして、『無門関』(10)の頌に「不レ遇二詩人一(ニ)勿レ(レ)呈(スルコト)レ詩(ヲ)」とあるを忘れたる也。譬彼丹蔵・丹平は猟人なるに、倭文が詩をよく読得て是を嘯し、又熊谷なる酒肆の柱に楊大年と丁公の聯句を掛たるは、その人柄にも田舎酒屋にも相応しからぬを、作者一時の遊戯にて、今見れば僻言なりき。もしこの書を『八犬伝』五六輯以後の文をもて綴り、綉像を国貞(11)に画せ、筆耕を谷金川(12)に課せなば、拙筆中第一番の好書なるべし。又意ふに今流布の『月氷奇縁』は再板なるべし、旧刻本もて比校するに、画も筆耕も異ならざれども、或は本文のてにはを誤り、或は傍訓に甚しき誤字あり、旧刻本にも誤字誤刀あれども、再板本は特に甚し。意ふに先板は既に磨滅したれば、再板は俗に云おつかけ彫にしたるなるべし。吾蔵弆せるは初板なりしに、九ヶ年前、故ありてあらずなりしかば、近曽伊勢松坂(13)なる一友人に就きて彼地にて求め得たるは先板本なれども貸本にしたる物なればいたくふりたる上に、第三巻の十六頁脱簡なれば、又江戸にて一本を購得けるに、そは再板本なりき。こゝに至りて前後二板あることを知られ、後の板には誤字誤刀の多きをも知りぬ。前にもいへる如く、この書疎文にて多く漢音に読する所あれば、婦幼は解がたからんに、今に至りて猶世に行はるゝは脚色新奇なればならん。是よりの後、年々に思ひを凝し、遂に自得して和ならず漢ならず、雅ならず俗ならぬ体裁を定め得て、一己の文をなせし也。されど古きは皆忘れしを、茲年春より婦幼に読せて略自評しぬるもの十余種に及べる。そが中にこの『月氷奇縁』は、吾初筆にて愛思ふよしもあれば、略評にてはうちもおかれず、一回毎に漏すことなく無用の弁をなす者は、異日の遺忘に備ふべく同好知音の友人に見せて笑を取らんとす也。是併長き日の徒然を医するのみ、さてもをこなるすさみにぞありける。

天保十五年甲辰夏四月念三芒種後一日　　七十八翁著作堂自評

路子受教代写

**【注】**

（1）二の巻までを画きたる画工

『近世物之本江戸作者部類』巻二の上に「出像浪華の画工に画かしむ画工の名をしらず」とあるが、頭注に、篠斎云『月氷奇縁』の画工は浪華の人流光斎……記者云実は件の画工を知らざるにあらねど流光斎はわづかに一二の巻を画きしのみにて病着ありとて得果さゞりしかば、板元河太已ことを得ずとり戻して別人に画かしたり。こゝをもてその書に画工の名をあらはさざりき。見るべし三の巻より末はその画いたくおとれり。

とあり、また『石言遺響』（文化二年〔一八〇五〕正月刊）「乙丑発行曲亭先生著述目録」の『月氷奇縁』には、「浪華松好斎画」とも記す。北川博子「『月氷奇縁』の画工」（「近世文芸」九十六号　二〇一二年七月）参照。

（2）文化二年乙丑の秋のころ

従来推定されてきた文化二年正月よりも、半年ほど遅かったことがわかる。

（3）唐山宋の時、是に似たる事実あるを

未考。

（4）照応

石川畳翠『俠客伝四輯拙評』に対する答評に、「律詩に対句をとる如く、彼と此と趣向に対を取なり」とある。

（5）省筆

天保七年（一八三六）刊『南総里見八犬伝』「第九輯中帙附言」に、

省筆は、事の長きを、後に重ていはざらん為に、必聞かで称ぬ人に、倫聞させて筆を省き、或は地の詞をもてせずして、その人の口中より、説出すをもて脩からず、作者の筆を省くが為に、看官も亦倦ざるなり。

（6）正対
照応に含まれる。照応には、正対と反対がある。

（7）『女夫が池』と云ふるき浄瑠理本の三段目
近松門左衛門『津国女夫池』第三段「旅の腹帯」をさす。東洋文庫蔵『曲亭蔵書目録』に「津国女夫池　一冊」とある。

（8）当時作者をさ〳〵詩を玩ぶ
前出徳田書に、
『月氷奇縁』の各巻の、口絵や本文中に挿入されている詩が『咏物詩選』（清、兪琰輯、天明元年刊和刻本あり）から取られていることは、浜田啓介氏が明らかにした（「寛政享和期の曲亭馬琴に関する諸問題」『国語と国文学』昭和五十三年十一月号）。また、都賀庭鐘編の『漢国狂詩選』（宝暦十三年刊）の詩をも用いていることは、拙著『日本近世小説と中国小説』第三部第三章「馬琴読本の漢詩と『南宋志伝』『狂詩選』」で述べた。それ以外に『唐詠物詩選』（岡崎盧門編、天明九年刊）所収の詩をも用いていることが、判明した。

（9）上に師とすべき大筆なければ
山東京伝との関係を考える上で考慮すべき個所である。

（10）『無門関』
中国の宋代に書かれた禅の公案集。

（11）国貞
歌川国貞は、天明六年（一七八六）生、元治元年（一八六五）没。馬琴作品でも多く挿絵を担当している。『南総里見八犬伝』「回外剰筆」では、馬琴の肖像を描いている。その時の様子は、天保十二年十一月十六日付篠斎宛馬琴書翰に見える。

下巻　『月氷奇縁』

（12）谷金川
中川金兵衛ともいう。豊前小倉十五万石小笠原藩士。筋違御門外御成道中屋敷住。文政七年（一八二四）以来、馬琴読本の多くを担当、『八犬伝』の担当者の一人でもある。馬琴の信頼が厚い。天保十二年三月朔日付篠斎宛馬琴書翰に、
筆工中川氏癇症にて、板下筆工出来兼候。此筆工は、年来拙作之板下を書候故、うちまかせ候ても、甚敷誤りは無之候。外の筆工にては間に合兼候間、無是非中川氏の心任に致遣し候
また天保十二年四月十九日付篠斎宛馬琴書翰、
筆工中川氏の事、先便に如申す病気にて……板元取斗、金水と申筆工に為書候……少々書せ見候ところ、中川氏には可及もあらず

（13）松坂なる一友人
殿村篠斎のこと。天保十一年十二月十四日付篠斎宛馬琴書翰、
先頃御頼申候拙作古読本注文の品々、御心掛被下候所、山田に貸本やの店仕舞候者有之……『月氷奇縁』……何れも元摺に候得共、くたれ本にて……

## ◎『石言遺響』　五巻十回

この一書は当時の板元中川新七・平林庄五郎が需に応じて、文化元年甲子年夏五月脱稿す。『月氷奇縁』に次で、吾半紙形なる物の本を作れる第二筆にて、『月氷』は書ざま婦幼に解しがたき所多かれば、こたびは体裁(テイサイ)を易て詩句但見を省きたれども、いまだ波瀾曲折の文あらず、終に事を記すに足るのみ。そをしも皆忘れたるを、婦幼に読せてうち聞くに件々皆よりどころあり。小夜の中山夜なき石の事、なそたての餳の事、やへばの雉子の事などはふるくより俗説ありて、そを略記せる物を彼地にて刊行しぬるも稍久く成りぬ。(1)今この書に説く所それに本づきたる也、新奇にはあらねども、又難ずべき事もなし。愚をもて今是を見れば中平の作といふべし。

但第一編に、兆殿司菊河に俊基・宗行の冤鬼を見段に、後醍醐天皇長祚の後忠臣節に死したる者の子孫を思召さるゝ故に、叡慮をこゝに引奉らんとて俊基の冤魂は悪鳥になりかはり、宗行の冤魂は女人にまつはりて障碍をなさんといひしはいかにぞや。俊基は当今の忠臣なるに死後に其子を思ふの故に、凶悪の化鳥になりて罪なき郷民を残害しぬるはこゝろ得がたし。況又中納言宗行卿は後鳥羽の院の御時に、御隠謀に預りて北条義時に刑戮しられし忠臣なるに、後醍醐の御時に至りて、女人にまつはりて障碍をなさんといひしは、その義にかなはず、是等の事は一部の関目なれども、畢竟無理なる趣向也。又第十編、春木伝内が鐘供養の段に、をさ〲右少弁俊基朝臣の菩提を修するのみ、宗行卿の事は一言一句もいふことなし。是等は作者の脱筆也。

○第四編に、万字の前が嫉妬にて月小夜媛を欺き計りて、良政卿と臥房を共にする夜は鼻を掩へといひしは、唐山にありしことにて、『左伝』(2)に見えたるを撮合したり。

○第七編に、小石媛良人春木伝内の逆旅の留主にありながら、鐘鋳の財を整へんとて身を妓院に売まく欲せしはいかにぞや。この時小石媛は懐妊して八月に及べり、是身を売がたき一也。且良人ある身の良人に告ずして身を売らば、母に孝ありといふとも、婦道に違へり、是事の成難き二也。是この故に身は路のべに病臥て思はず、阿高業右衛門に殺されたり。此段に小石媛枉死の事は本伝第一の不平也。何とならば、小石の母月小夜は世に稀なる孝女也、こゝをもてなき父の為に十年苦行したれども本意を得遂ず、三十三歳を一期にして葎の宿に身まかりしは不幸薄命憐むべし。本伝中見るべき者は只其段と柏原の一編のみ、しかるに其女児小石媛も本性純孝月小夜に劣らず母の遺志を続まく欲して、反て強盗に殺されしを、今思へば勧懲の為に宜しからず、爾れども小石枉死してその疵口より赤児生れ出ざれば、子そだて観音の故事合がたかり。是已ことを得ざるものから、今にして吾この段を作らば、小石の枉死は実ならで画幅の観世音の冥助にて彼身は土中を尸解して深山幽谷の中にあり、両三年の後、又世にあらはれて春木伝内と偕老の契あやまたず、玉衣は伝内の側室になる事、本文の如くならば全美なるべし。善男善女の枉死は勧懲に害あり、況小石の如き二世の孝女をや。仮令身代りの事重復するとも必殺すべからざる者也。且阿高業右衛門が小石媛を殺ししは、彼懐なる金像の観世音を円金ならんと思ひ誤りたれば也。この観世音月小夜姫の為には身代りに立て御首を失ひ給しには似ず、業右衛門に円金なりと思せて小石に殃(ワザハヒ)あらせ給ひしはいかにぞや。是も亦理義に称はず、当時思ひの足らざりける、作者の後悔この七編にあるのみ。

○業右衛門が先妻腹なる育児八五郎が純孝なる、父の悪事を諫めかねて父を謀りて非命に死せしは、小石媛の枉死と同じからず。八五郎が孝にして枉死せしは反て勧懲の為に宜し。万字の前の藍児の女児の枉死も是に同じ、共に汝に出て汝も返る者也。又八五郎が遺愛の笛の音、業右衛門が耳には云云の歌に聞ゆるとあるは、(3)古き俗話に相似たることあるを借用しぬる也。しかるに其笛春木伝内が手に落しより冤家を尋る手がかりになりしは、八五郎が本意ならねども、是業右衛門が積悪の冥罰にて、第十回、宿河原の段に、業右衛門この笛の音を聞知りて是を伝内に求る故に、小石媛の仇と知られて伝内怨を復すに至るは、孝子遺愛の笛反て父を殺す媒になるに似たれども、見則天の冥罰にて孝子も父を救ふことを得ず、反て敵の幇助になりしは、又是勧懲にかゝる所、看官よく思はずばあるべからず、かゝれば業右衛門は憶はずして其子八五郎を殺し、八五郎は又遺愛の笛をもて父を殺すに似たるは因果の免れざる所、孝子の遺念齟齬するにあらず、看官作者の用意を知るべし。

○三位良政は凶鳥戦治の功あれども、其余は見るに足らざる人也。されば万字の前に計られて賢妻月小夜を殺し、両個の幼息を失ふに至れり。昔、後漢の顗禹は彼身賤しかりし時より妻あり、しかるを光氏其妹をもて妻せんと宣ひし時、顗禹是を推辞て糟糠の妻は堂を降すべからずといへり。良政既に結髪の妻あり、且小夜の中山にて対面の時、近日迎へ取らんと約束したり。其後、後醍醐天皇、良政に凶鳥対治の賞として万字の前を賜ふ時、良政既に結髪の妻あるをまうさず万字の前を娶る段に、右の故事を引て論ずべかりしに、その義に及ばざるは、当時作者の思ひいまだ足らざれば也。

○良政の家事いたく乱たれども、幸に忠臣橘主計介兄弟あり、賢息政教孝にして、吉野の皇居にまゐるに及びて、政教菲徳を恥て致仕隠居し、且行脚の折から小夜の中山寺に参会して鐘鋳の供養に逢ふ段は、作者の用心至れり尽せり。良政出家の事、こも亦勧懲の大関目と見るべし。

○当時画冊子に復讐の事流行のはじめなれば、愚も亦この拙作あり。所云『月氷奇縁』『稚枝鳩』『三国一夜物語』、皆この類也。この『石言遺響』にも筆耕の誤脱少からず、就中傍訓には甚しき誤りあり、当時吾校訂しけるに、そを皆見遺したるは吾ながらいと怪し。是も亦四十余年の非を知りぬる其一にぞありける。

【注】

（1）そを略記せる物
馬琴は享和二年（一八〇二）に京坂旅行を行っている。その旅行についてまとめたものが『羇旅漫録』である。その中に、夜泣き石・無間山観音寺・子育ての飴・子育観音などに言及している。

（2）『左伝』
万字前の策略は、荊王とその愛妾の逸話を踏まえる。『韓非子』などにも見えるが、ここでは『左伝』からとする。

（3）古き俗話に相似たることあるを借用しぬる
「継子と笛」（『日本昔話通観』28〈同朋舎出版　一九八八年〉等）という日本に広く分布する昔話では、殺された継子が埋められた所から生えた竹で作った笛の音は、父にだけ意味のある音に聞こえるというモチーフがある。そのような話を利用したものか。

## ○『勧善常世物語』　五巻十回

この書は『石言遺響』に後る丶者一年、文化二乙丑年春三月稿果しを書賈柏屋半蔵が刊刻して、同年の冬十二月発販したる也。然るに三年丙寅春三月四日江戸大火に此板半分焼亡て久敷摺出さゞりける程に、半蔵死してその子孝順ならず、店衰て跡なくなりしは、文政中の事になん。さる程に大坂屋茂吉と云ゑせふみ屋、彼焼残りたる板を買とりて、作者には告げも知らせず、越前屋長次郎為永春水事に課て焼亡たる二巻あまりの書画を新しくし再板して全書に成しぬと、人の噂に聞しのみ、そはいかなるや、いまだ見ざれば知らず。吾蔵本は初板なるを婦幼に読せてうち聞くに、例の誤脱少からず傍訓の違へるはさら也、本文にもてにはを誤りたる者多くあり、最初吾校訂の届かざりしを後悔の外なし。皆忘れしをこたび読せてうち聞くに、『月氷奇縁』の如き新奇は多からねども、勧懲正しければ見るに足れり。

就中第十回なる雪中の鉢の木の段は、書ざまもよろしくて、吾ながら甘心す。実に常世が孝順忠誠、白妙が貞操孝義、始終よく融りて至れり尽せり。こ丶をもて不慈不善なる養母手巻は最後に悪意をひるがへして、慈母になりて終りを取れり、是孝感の致す所なり。因て書名を『勧善常世物語』と云、蓋常世が徳よく郷党をかし不慈の養母をかするのみならず、看官も亦おぼえずして、奨然の域(イキ)に入るべし。便是勧善にあらずやとばかりにして、懲悪を云ざる者は、彼両悪人陀平太・源藤太等が隠匿の悪報は妬婦狭霧が怨霊の致す所といへども、実は天其積悪を罰して後の悪を懲すなるべし。されば善を勧るは人に在り、悪を懲すは天にあり、この故に書名に懲悪と題せざれども、その懲悪は勧善の中に在り。是作者の深意なるを、看官悟り得ぬるは稀なるべければ、胡意祖父佐野の小太郎貞常那須野狐猟に三浦助に従ふて、妖狐玉藻の首を斫しより悪狐の怨霊三世の子孫に崇なすと作り設て、『元亨釈書』に載たる源翁の伝さへ撮合しけるは、婦幼に解易からん為に、因果の道理を説あかせるのみ。作者本来の面目にはあらず。(1)唐山なる稗史中『水滸』その他の大筆にも、作者の深意隠れて悟りがたき者あり、学力人に勝れて好みてよく見る者にあらざればば秘睫を窺ひがたかるべし。

○第二三回に、手巻が庭なる梨子の花につどひし蜂を引て、常世を欺き払はせ、其父正常に疑はせて、常世を鎌倉へつかはし稍地に殺さまく計りしは、晋の驪姫が申生を欺き計りし故事を剽窃摸擬しけるを、具眼の看官は知るべし。然るに晋の太子申生も順孝なれども父を思ふの故に自殺し、常世は死なずしてその孝を全くしたり。正常も惑ふといへども常世に逼らずして、是を鎌倉に遠ざけし故也。是等も勧善の一端なるを知るべし。

○つね世が白妙をたづねかねしはさることにて、第四回に、足柄山にて常世・白妙が奇遇は自然の如くにして無理なし。此段ありて白妙が義烈あらはる、よく見る看官は作者の用意を知るべし。○つね世・白たへが段九郎が家に寓居半年の後、三浦泰村の首の事より段九郎に疑はれ、夫婦猛可に立去るをり、途に段九郎等を懲す段は、自然の如くにして無理なし。実に常世なるかな。

○本伝中新奇なるは、佐野の正常の老僕周六は白妙の実父印幡二郎直守なりし事は、第四回、春神社の段にて、直守・白妙父女再会のをりはじめてあらはる。看官思ひがけなければ、必拍掌すべし。この他の新奇は源藤太が家僕均九郎のことのみ、そは亦下に自評すべし。

○第五回以下は、源藤太が妻狭霧の事、幷に夕日長者陀平太・佐野源藤太後妻諸鳥・源藤太が三個の子女の事、陀平太が家僕瀬助・源藤太が歌婢楓のことを書つめて隠匿の悪報一家死亡の顛末を写したり、そが中に媒人茂三次ははじめ人魂をうち隕して云々の一話説は、(2)天明中に江戸にてありし事なるを借用したる也。しかるにこの後十とせばかりを経て『皿皿郷談』を作る時、乞目畳六が人魂をうち隕したる事を載たり。この事既に『常世物語』にあるを早く忘れて出ししなるべし。又源藤太が新参の家僕均九郎のみ家内の奴婢物怪に怕れて皆離散したれども猶留まりて立去らず、よく手巻に仕へしを忠ありと思ふにも似ず、当晩手巻を刺て深手を負せ金銀衣裳なごりなく、二疋の馬に駝して逃去る段は、看官胆を潰すなるべし。

○第八回に、つね世故郷の凶変を直守法師に伝へ聞て白妙を将て佐野へかへる中途、騙賊に白妙を奪ひ去るゝ段に、常世料らずその同類なる二賊の密話を立聞て、彼騙賊は源藤太が家僕均九郎なることも知られ、昔鎌倉の御所にて藤波の御剣を窃み取りて跡なくなりし盗児はくだんの均九郎なるよしも聞知りて、先その二賊を斫仆し、遂に均九郎を生捕て養母手巻の為に竹槍の刑に行ふ段は、看官思ひがけざるべき新奇にて愉快いふべうもあらず。第一回に、佐野正常が本領を失ひしは藤波が御剣紛失の故なるを、こゝに至りて其局の結ざま奇にしていよ〳〵妙ならずや。この時常世は均九郎の事云々と書つけて刀に附たる小柄をもて他が袖に縫留しは、第十回に、時頼入道既にその書をとり上て、はやく常世が大功を知り給ふとある伏線也。

○九回十回は、常世・白妙が貧苦の中に養母手巻に仕ふる孝義の心操写し得て最宜し。雪中鉢の木の段の自評は、既に上に見えたれば、今又いはず。白妙頭髻を剪て金壱両の質と成すに至りて、最明寺殿黒髪山の賞あるが如き下野の名所なれば相応（フサワ）しくて最宜し。常世鎌倉に参向し、最明寺殿に見参して本領安堵の段まで、謡曲の趣を摸擬して謡曲と同からず、作者の用心佗と見えて妙也。その後常世彼眉先刀をかへしたるふる手商人及段九郎夫婦を召よせて禄多く取らせ、又直守法師を下野なる新寺院の住持になすが如き、例の事ながら本伝中の人物壱人も立ぎえする者なく、団円結得て至れり尽せり。

抑佐野源左衛門常世の事は古き小説にやありけん、謡曲に伝ふる所只『鉢の木』の一編のみにて虚実本末の詳ならず。さるを本伝に三世の父祖より写し出して、五巻十回の物の本に成せるは、夢中に夢を説に似たれど、善を勧め悪

『つね世物がたり』は、今読せ聞くに一事も難ずべき破隙なし、自誉はさしも烏滸ながら、愚は出かしたりと思へり。を懲す善巧方便ならんかし。当時愚が拙筆、『月氷奇縁』『石言遺響』『稚枝鳩』など、其趣同じからねども、就中この

【注】

（1）唐山なる稗史中『水滸』その他の大筆にも、作者の深意隠れて悟りがたき者あり稗史七則の一つに「隠微」がある。

（2）天明中に江戸にてありし事なるを借用したる

松浦静山（一七六〇〜一八四一）の随筆『甲子夜話』巻五には、人魂を打落したところ、豆腐のようであった話や、人魂を切って病人が助かった話などがある。

## ◐『標注園雪前編』　五巻十三回

此一書は文化三年丙寅初春の頃、麹町平川町なる書肆角丸屋甚助が需に応じて作り終しは、夏四月の頃なりき。しかるに秋に至りて故ありて、吾甚助と絶交す(1)。この故に同じ年の冬刊刻成るといへども辞して校訂せざりしかば、誤脱てにをはの失錯特に甚し、さるをそがまゝ四年丁卯春正月甚助発販したりしより、既に三十八九年を経たり。彼をりだにも吾著ながら、又見ることもなかりしかば、皆忘れたりけるを、こたび読せてうち聞くまゝに、はじめて其大略を得たり。巻毎に頭書して略注あるは、作者一時の遊戯なれども、今思へば甚非也。よしや注したりとも婦幼のよく心得べきにあらず。唐山なる稗史の例に倣はゞ、鼇頭略評などこそふさはしからめ。是等も吾非非を知るの一つ也。注者魁蕾子といへるは、未生の人にて戯に名を設けたるのみ、愚は戯墨の弟子壱人もなし、寛政以来文化中まで拙著の序跋などに魁蕾子とあるは蓋未生の人なるを知るべし。今思ふにこの略注の中にかどわかしの説などは甚しき誤りにて、古歌に花の香かどふなどいへる、かどふはかどわかしゆと同義なるを思はざりしなるべし。是等の誤注は今さら汗顔に堪ざる者也。吾旧蔵本は初刷の全本なりしを、九ヶ年前に失ひしかば、両三年前購求めたるを、今婦幼に読するに、或は文字かけて詳ならず、或は魔滅して詩読得がたき看も挙に遑あらず、就中略注は魔滅甚敷ざらぬも刷毛の届かぬ所ありて、其文全きは稀也。かくても今尚行(ヲコナハ)るゝは、この書の僥幸とやいふべからん。

○文政五年壬午冬十二月(2)、京都三条通柳馬場西へ入る書肆近江屋治助と云者、売買算帳の為に江戸に来つ、おなじ月の七日に山崎平八を介として吾著作堂に訪来て、且いへらく「『そのゝ雪』の旧板は曩歳巳角丸屋より購得て今尚摺出し候得ども、看官後編なきを遺憾とす、いかで綴り給はりてんや」と云。今は板元も別人にて甚助既に没したれば、いなむべきにあらねども、当時吾戯墨繁多なれば速にもとめに応じがたし、況年経たる旧作は流行に後れて必拙かりけんを、今さらその後を続ん事本意ならねば生いらへして、「とかくにをりを待給へ」と諭して頓には受引かざりき。とかくする程に、天保のはじめにやありけん、くだんの治助は身まかりて、その子父の蔵板を沽却せし程に、『その、ゆき』の旧板は、大坂心斎橋筋博労町なる書肆河内屋茂兵衛が購得て、今にをさ〳〵揚出すと聞えたり。吾蔵本は河茂が揚出せる新製本なれば、文字の魔滅破損なども多くなりたるなるべし。こは評外の事なれども、この書の由来を略記して後の話柄になさんとて漫に代筆を労するのみ。此書前編のみにて後編なきは右の故にて、且刊本に誤脱多きと、てにをはに錯乱あるは稿成りし頃、作者板元角丸屋甚助と絶交して校訂せざる故なるを知るべし。

○この書、『新薄雪物語』(3)なる園部・薄雪の名を借用したるのみ、聊もその旧態による所あらず。自序にいへる如く窃に『翠翹伝』(4)に倣ふに似てその事同じからず。又玉の方・薄雪母女清水寺の境内に潜(セン)居の段は、頭書にいへる如く『西廂(セイサウ)記』(5)を摸擬したれども亦その趣異なり、都て花やかなる大場なけれども中平の作也。但し当時作者の筆届かず、或は構思疎齬にして理義分明ならざる条を自評してもて日ぐらし草となすこと例の如し。

○小野少将秋光の前妻滋江の前嫉妬の故に、病中物狂はしく成て庭の井に身を投しこと、その後宗高親王玉の方を小野少将の後妻に給ふこと、又秋光宗高親王を諫めかねて出家隠遁の事は、後に至りて玉の方・薄雪清水寺の境内に潜居の伏線也。こゝをもてその文疎略にてその崖略を演たるなるべし。

○少将秋光の子息実稚と女児薄雪と虚実をとりかへたる夢想の弁は求め過たるに似たれども、作者の意衷、輪廻応報の理を説て、婦幼に解易からせまく欲す。只この一書のみならず、文化中(6)の拙作には輪廻をかけて説ざるもの稀也、文政以後はしからず、是等によりても、拙作に新旧臆度のおなじからざるを見るべし。

○清水寺境内僑居の段に、薄雪書写の普文品十五巻をちいさなる経机に積のぼし、是を真垣にもたして、本堂に詣でて観世音にまゐらするをり、その経文一巻滚ひ落て、園部右衛門佐頼胤の手に入りしを知らず。深草の段に至りて、その経巻妹伕の赤縄になるはいとよろし。但薄雪は世をしのぶ少女也、よしや夕暮なりとも彼経巻を晴がましく机に登したるまゝにて、真垣にもたせたるはいかにぞや。袱に包まずとも服紗などうちかけてとあるべし。当時拙筆の精細ならざる、かゝること多かり。

○磯江の松主が実稚に倶して、主君秋光の立処をたづねんとて紀の路に赴く段は、作り物語と見れば論なし。その事理義にかなはず、何とならば松主孤忠にして主の母子女に仕ながら、玉の方・薄雪を妹真垣と餅師孫十郎にうちまかせて涯りなき逆旅に赴くことあるべくもあらず。況又紀の路にて実稚路銀を掻さらひて逐電したる時、松主是を尋るに得逢ず、さればとてそがまゝに清水へ立かへりて玉の方に云々と告げ奉らんは面(オモ)なしとて、さらに路銀を整ん為、越前なる所親許(カリ)赴くとあるは浅はかなりき。かくて松主はその忠余りあれども智は足らざる男なり、只松主が智の足らざるのみならず、当時作者も智の足らざりし也。彼時松主は実稚を尋兼て、且旅中に病猛におこりてうち臥てありける刻こにはからずも、越前国北の庄なる叔父石堂初平六がその旅宿に泊り合せて、彼身の難義を聞知りて、是非なく松主を旅駕籠にうち乗せて越前へ将て行とあらば、是已ことを得ざるに出て、松主が玉の方・薄雪の安危を外にして、只路銀の為に胡意みづから北国へ赴くには勝るべし。

○是より先に伏見の段に、栗門佐二郎が妻汀井女の子を生みける歳月酉の年酉の月酉の日なる故に、その女児を家鶏と名づくとあるは、後に至りて家鶏が肝の臓の鮮血、父佐二郎が眼病の良薬なる(7)襯染(シタゾメ)也。勿論家鶏が生来皆鶏なる故に、看官こゝろづきて後に何ぞの所用になることあらんと思ふもあるべし。

○佐二郎・汀井が夢に楚平夫婦疫鬼(ユウキ)の為に彼身の罪を責られて焼殺され、その火佐二郎夫婦の衣にもうつりて共に死ぬべくおぼえしをり、奇異なる童子に救はれて云云と示現ありし事、その後佐二郎・汀井時疫にて命危ふかりし事、佐二郎竟に蹇児（アシナヘ）になりて親子三人伏見をまよひ出し事、後に至りて皆是鳥部野の段の襯染也。しかれども佐二郎の夢に彼童子の未来を示す事約束に過たり、楚平夫婦の隠匿、佐二郎が不幸の余殃にて、是等の鬼責あらば朝坂・渋九郎・実稚・師門などの奸悪人に是等の祟なきはいかにぞや。この疫鬼の一段は、作者の自由に出て甘心しがたし。右の疫鬼の事なくて佐二郎時疫にて腰たゝずなりぬなど軽くいはんこそ反てよろしかるべけれ、事皆約束あらせんと底深く作りなせる故に、自由の筆も出来る也。且本編に霊夢を説もの三四度に及べり、はじめ小野少将秋光の夢に丘の上に虎の頭ありと見て実稚生れ、其後又夢に家の内に貝ありと見て、薄雪生れたりと云ことあり。今又佐二郎夫婦が病厄の霊夢あり、後に至りて薄雪の夢に小野小町前後身を告る一段あり、何ぞ霊夢の多きや。皆是当時事に約束あらせんとて作りなしたる作者の喙（クチバシ）黄なりし故也。

○深草の後の契りの段に、薄雪姫、園部右衛門佐頼胤と邂逅の時、嚢に失ひたる一巻の普文品媒して妹伕の約束しぬる事などは奇にして妙ともいふべし。この段、男女の色情は勿論なれども密通野合の心なく異日媒人をもて娶られんことをのみ契りしは、たのしみて婬せざる関雎（カンショ）の義にも相称ひて、世の婦女子の警にもなりぬべく、吾今この段を作るとも此外はあらじと思ふのみ。但薄雪は二八の美人也、真垣も亦年若き婢女也、よしや先祖の墓参なりとも、道近からぬ尾上行しは、小心なきに似たり。孫十郎を倶して行ともことの妨なからんに、女主従のみなるは、作者自由の筆に似たり、さはれ作物語なればかばかりの事は許すべし。

○深草のさきのちぎりの段に、薄雪の夢に小野小町その前後身なるよしを告示し、且前世の悪報にて種々の艱難に逢ふべきよしを説諭す事などは、亦是約束に過たり。況霊夢の事こゝに四たびに及べるはうるさし。この夢の告げあらずして、薄雪種々の艱苦を喫して心烈苦節のこゝろ移らず後、終に諸厄解けて大団円に至る時、はじめて小町の後身なるを悟るよしあるに作らば、看官並てヤンヤといふべし。

○実稚紀の路にて逐電の後、浪華にて悪人にそゝのかされ路用を使失ひてせんかたなきまゝに、冤家師門の屋舗に至り、且師門が為に密計をしめし合して、妹薄雪を欺きて師門に妻せんと欲すること、その後云々の故ありて、孫十郎がとり部野の乞児に欺かれて、実稚に撃仆されたる仮使人(ニセツカヒビト)の死骸を埋る事、くだんの乞児孫十郎に辛苦銭百金を求るをり、仮経紀(ニセアキビト)兵四郎が孫十郎にその金百両を貸て乞児に取らせ、其後百金の質に薄雪を妾にせんとて孫十郎に逼ること、薄雪孝義の為に身を売て兵四郎に倶なはるゝことなどは、雑劇の脚色に似てあるべきことにあらず、孫十郎が見も知らぬ兵四郎に百金を借て、始より疑はざりしはいかにぞや。且孫十郎は賤しき餅商人なれども義士也、然るを乞児に欺れて彼仮死骸を稍地に埋めて実稚・師門の奸計に陥りしはその心術通らずして、作者の自由に出たるに似たり。是を作り物語とおもへば論なし、勧懲を宗として理義深切なる大筆にはあるべくもあらずかし。

○仮経紀(ニセアキビト)兵四郎は師門が腹心の家臣河原柳只九郎と呼るゝ者にて、彼折薄雪を駕籠に乗せ苦集滅道を過る時、近江の山賊榎嶋夜叉太郎が手下の小頭領小殿荒平太等五六賊、こゝに埋伏(シタマチ)してをり、矢庭に只九郎と両個の轎夫(カゴカキ)を撃仆し薄雪を奪ひ捉る時、柱(サヽユ)る孫十郎をも擒にして近江へ将てゆきしは何等の為ぞ。こは薄雪が賊塞を免れ去る時、この孫十郎なくては工合宜しからざる故に、作者自由の筆に出て妙ならず。且この孫十郎は磯江松主に由縁ある者と聞えて清水寺の境内に店を開きて餡餅(アンモチ)を売て、生活あすなるに、妻もなく小廝もあらず、しかれども玉の方薄雪の為に店をうち捨て屢出あることあるはこゝろ得難し。当時はかゝる粗筆を、看官も咎めず作者も掛念せざりしは怪(アヤシ)むべし。

○実稚ははじめ苦集滅道にて胡意只九郎に撃仆されて虚死してありし程、薄雪を山賊に奪ひ捉られしを知らず、師門が屋舗に至りて約束の金を求るに、師門は薄雪を得ざりしを怒りて、実稚を庭の松に綁(シバ)りおきしに、その夜実稚は縄をすりきりて免れ去り、鳥部野の乞児が掠(カス)め取りたる金百両を奪ふてゆくへもしらずなりし事、師門尚怒りに堪ず、只九郎が弟只平に五六個の火兵を従せて玉の方を搦捕とて遣す事、真垣玉の方に倶して鳥部野の方へ免去る時、只平等追かけ来て柱る真垣と血戦して、真垣は戦没したれども、其忠魂彼足なへたる乞児につきて猛に腰たち武勇勝れて、只平等を皆斫殺して玉の方を救ふこと、この乞児は栗門佐二郎にて、その妻女児・汀井・家鶏等玉の方にかしづきまゐらすること、この段都て雑劇に似たれども、此前編はしめやかなる場のみなるに、こゝに至りてその機を鶏して勇ましきよしもあれば、看官笑局に入りもやすらん。但真垣は松主の女弟にて忠義世に稀なる烈女なるに、こゝにて戦没させたるを、作者今さら後悔す。よしや一旦死したりとも、後に甦生するよしなどあらば、勧善の義に称ひて宜しからんに、その死骸を佐二郎・汀井が火葬すとあれば、後編にもせんかたなかるべし。且その火葬の為体、只松の枝を折くべて一朶の煙となすとのみありて埋るにも及ばざりしは、こと火急のをり也とも、あまりに手軽きに過ぎて、又是雑劇の趣に似たり。今倘（モシ）この段を作らば真垣を殺さずして書ざま尚あるべし。孫十郎の枉死も是に同じ。善人の横死は勧懲に害あり、当時思ひの足らざりし後悔かゝること多かり。

○薄雪、荒平太等に捉れて、孫十郎と共に近江の賊塞に至る段に（今津の走船の編）、薄雪、荒平太等の衆賊が旅客をひはぎせんとて皆山脚（フモト）の方へ走去りたるひまに、孫十郎が義烈にてこの賊塞の門を守る熊が返り忠して、薄雪其背に乗せられてのがれ去りしは、前にもいへる如く、こゝに孫十郎が縛てあるにあらざれば、薄雪一人にては工合わろき故也。薄雪が三たびのまがつみを思ふに師門に娶られては、薄雪死なざることを得ず、又夜叉太郎に掠め取られても従はざれば、必殺さるべしところで熊の帮助あり、遂に今津の走り船に便船して衆賊の射る矢にせん方なく、薄雪ひとり入水して死なず、袂を船に射留られて半身水より上に出て沈まず、船に曳れて前岸に到りし事などは、当時作者の妙案にて、本編第一の新奇とやいはまし。只憐むべきは孫十郎と義熊が賊の為に首（カウベ）を授けて追手の鎗じるしになりしは、尤うらみ也。孫十郎とこの熊の事は後編に至りて何と歟かと歟あるべきことなれども、今は忘れて旧腹稿あらずなりぬ。又彼薄雪をたすけて船にのせたる旅客は鈍五郎と云人骨経紀（ヒトカヒ）にて欺きて薄雪を越前へ倶して行て角鹿なる妓院のあるじ柞婆に売与ふる段にて、前編薄雪の事は尽たり。後編に至りて薄雪種々の艱苦を凌て告節を守る奇話あるべし。当時作者後編大団円までの腹稿ありつらんを前編すら皆忘れ果たれば、旧腹稿などはいかにして一毫もおぼゆべき。今前編を読せ聞て、世を隔たる他作の心地しぬるのみ。

○佐二郎、汀井・家鶏と共に玉の方を扶掖きて丹波なる故郷へかへりしより復讐までを五の巻とす。この一説話前編中最長かり。さて佐二郎は玉の方と汀井・家鶏を故郷近き山家に留め置て、独奥小野尻へかへる時、先村長木工三を訪ふて父佐太夫は十年以前篠が峰のほとりにて、蛇に螫(サヽ)れて横死の為体をはじめて聞知りて悲泣に堪ず。終に木工三に誘引(イザナハ)れて家にかへりゆくをり、道に樵夫(キコリ)柴二郎に逢し事、そのをり木工三は柴二郎を呼留めて何やらんさゝやきし事、このさゝやきは当晩乞児等が渋九郎の家に乱入して盃盤狼籍の伏線也。又佐二郎が継母朝坂・義弟渋九郎等、佐二郎の帰郷を陽祝して木工三と共に酒飯を薦むる折、当村の乞児十人ばかり乱入し、佐二郎は年来鳥部野にて乞児になりてありしかば、他等が夥計(ナカマ)也とて酒飯を奪食ふこと、この一条は後に至りて乞児等が朝坂を殺す伏線也。この故に佐二郎は渋九郎の家に同居することを得ず、渋九郎料ひてその夜佐二郎を牛坂巓につかはして牛馬の牧を守らすること、玉の方・汀井・家鶏等荒たる白屋(クサノヤ)に同居の事、佐二郎中毒にて病臥の事、其病癒て又眼病にて遂に盲になること、木工三・柴二郎が屢佐二郎を訪慰むること、佐二郎汀井に引れて牛石の辺に至りて云々、その帰るさに老たる旅僧佐二郎夫婦に眼病の妙薬を口授すること、汀井その教によりて家鶏が胆の臓の血をとりて薬にせまく欲すれども佐二郎是を聴ざること、其後佐二郎家鶏に手を引れて牛石の辺に至りて弘法大師に祈ること、佐二郎、汀井が奸夫あらん歟と疑ふて家鶏に問ふてその密夫は柴二郎也と知る事、こをもて佐二郎家鶏を案内(シルベ)にして汀井・柴二郎を刺まくして反て家鶏が脇腹を傷(ヤブ)りたるその血濆(ホトバシ)りて、父の両眼に入りしより佐二郎眼病立地に癒てそのあやまちを後悔すること、汀井・玉の方共に走来て家鶏が命を捨てはかりて父の良薬にならまく欲せし孝行を告ること、復讐の段まで前編の大場にて浄瑠理本ならば三の切とも云べき佳境なれども、理義には称ざる所あり。何となれば彼薬方を佐二郎夫婦に教たる旅僧は弘法の化現ならずや、仏の五戒に殺生を第一のいましめとす、しかるを人を殺してその血を薬になすことを教しは仏説と矛盾す。且医は仁術也、和漢の名医人を殺して是を薬種になすことを聞かず。唐の孫子邈は蓋世の良医なり、宜しく仙に至るべし、しかるに『千金方』(8)に虻虫鼠姉などの生類を多く薬剤に用ひたる故に、仙になることを得ず九十二歳にて命終りぬといひつたへたり。小虫すら殺すは仁術にあらず況人をや。弘法伝受の薬方の理義に違へるを知るべし。且汀井が貞操なる女児を殺しての良人の眼病平癒あらせて、父の仇を撃せまく欲するは、世に稀なる心烈なれども人の親たる者の真情にあらず、みしらぬ旅僧の一言を信じてその薬に効験なくば家鶏は犬死になるべし。古語に「学ブレ書ヲ者ハ費スレ紙ヲ学レ医ヲ者ハ費スレ人ヲ」といへるに庶かるべし。浄瑠理本及雑劇ならば論なし、吾旧作には浅はかなりきと、今さら自笑の外なし。又佐二郎は烈女真垣が忠魂彼身につきしより抜たる腰たちて玉の方の幇助になる者なり、彼忠魂早く立去らば、又足なへになるべきにさもなきは真垣が魂まつはりてあるべし、しかるに佐二郎は朝坂・渋九郎が毒害を知らず、その毒に中られて盲になりしは真垣が霊魂はじめは功あり、後には彼身を守るに力及ばざりし歟、是亦神霊の冥助前後矛盾す。かくいへば仮をもて真となす理評に似て、吾本意ならねどもよしや作り物語也とも余りに浮たる事は、世に久く行はれず、人を感ぜしむるに、深切ならざれば也。こも亦吾昨非を弁ずるのみ、婦幼は是等の理義を知らねば、今猶愛メヅるもあるべし。士君子の為にいふに足らず。

○佐二郎眼病平癒のをり渋九郎家僕等を将て来て、玉の方を搦捕まく欲せしを佐二郎憤激突戦して悪僕等を斫殺し渋九郎を生拘て、他の十年以前朝坂と相計りて佐太夫を殺害したる事、白状分明なるに及て則野飼の牛をもて渋九郎を牛裂にすることなどは、尤愉快の段也。この時木工三・柴二郎、彼乞児等と共に出て来て、その議意を説示すこと、又彼乞児十人の内六人は彼夜さり毒に中られて死し、残る四人はその怨を報んとて、けふしも渋九郎が家に推よせて朝坂を撃殺し、其首を竹槍に串きてもて誅ぬる事、この朝坂が首は今津の走船の段に、荒平太等が孫十郎と熊の首を鎗の先頭（ホサキ）に串き来て、薄雪を遂しと善悪の反対也。抑佐二郎が復讐の事、朝坂は父の仇なれども継母なれば手づから是を殺すに宜しからず。この故に乞児等の手を借てその怨を復させたる作者の用心神妙也。且渋九郎・朝坂は其罪五逆に当れり、牛裂の刑は佐二郎が惨刻にあらず。朝坂はその義に及ねども乞児等が手に殺されたれば、亦是刑死に相同じ、こゝらの配剤奇なるかな。

○この時、牛石段々に砕けて内より、弘法の偈碣あらはれ、佐二郎が復讐の未然を今に貽し示されしは、求め過たるに似たれども、この照験なくては弘法の冥助を知るに由なし。作者の用心脱落（ヌカリ）なしとやいはまし。

○この地は師門が領分なる故に久く留るべからずとて、佐二郎・汀井等玉の方に倶して園部に赴く事、木工三・柴二郎・乞児等はさらん、奥小野尻の荘客等師門の苛政を厭ふてともに園部に移らんとて、境川を渡すまでを前編の終りとす。是よりして玉の方頼胤に身をよせぬれば、彼身は必安かるべし。是薄雪の後来実稚の事なども復稿既に亡失して今考ふるに由なし。意ふに薄雪百折千磨の苦節を守りて後、終に園部頼胤と夫婦になるべき事、磯江松主が忠説に実稚感ずるよしありて、悪を去り善にたちかへり大功ありて小野の家を再興しぬる段を、後編の結局にせまく思ひけん。今は都てうち忘れて、作者だに知らざるを後の才子此編を続くことあらば、吾本意に称ふべくやあらずや、こゝろもとなし。この略自評を熟読して、吾真面目を知る才子あらずば、後編なきも宜かるべし。

○前にいひ漏したる事あり。渋九郎が家にて佐二郎を歓待す時、乞児等が乱妨にて、その酒飯を飲食にこと多からずと本文に見えたり。当晩木工三も相客なれば些は飲食ひしつらんに中毒の事見えず、又木工三はいまだ盃をとらざりし程云々にて毒に中られざりしといふことも本文に見えず、乞児等去て後に、又盃盤を改めて云々と本文にあれば木工三も免がるべからず、是等は作者の脱筆にて、今思へば詳ならぬ事多かり。吾意匠に前後精粗あり、四十年前の拙筆を他作の如く思ひなせるも、壮老おなじからざれば也。

【注】

（1）吾甚助と絶交す
　この絶交の経緯は、『近世物之本江戸作者部類』巻二上に詳しい。

（2）文政五年壬午冬十二月、京都三条通柳馬場西へ入る書肆近江屋治助……七日に……吾著作堂に訪来て
「滝沢家訪問往来人名名簿」（早稲田大学図書館古典籍総合データベースによる）に「壬午十二月七日初テ来訪　一　京都三条通柳馬場西え入　近江屋治助」と見える。

（3）『新薄雪物語』
　東洋文庫蔵『曲亭蔵書目録』に「新薄雪物語　五冊」とある。

（4）『翠翹伝』
　『金雲翹伝』を翻訳した西田維則『通俗金翹伝』（宝暦十三年〔一七六三〕刊）のこと。

（5）『西廂記』
　東洋文庫蔵『曲亭蔵書目録』に「西廂記　華本　八冊」とある。

（6）文化中の拙作には輪廻をかけて説ざるもの稀也、文政以後はしからず
　時期により変遷がうかがえる。

（7）襯染
　石川畳翠『俠客伝四輯拙評』に対する答評に「襯染は趣向の下染也」とある。

（8）『千金方』
　唐代に編纂された中国医学書。

## ◐『括頭巾縮緬紙衣』　三巻十回　再板の者為五巻

この編は、文化四年丁卯春、江戸四谷伝馬町なる書賈住吉屋政五郎が需に応じて作れり。序は大坂なる面友馬田昌調が屢請求むるによりて、其筆に任せたり。今猶其歳月を見るべは序文に在るのみ。その余は再板の者恣に削り去たれば伝らずなりぬ。初刷は、文化五年戊辰正月発板しけるに、思ふにまして時好に称ひて、当年千部余売たりと云、この後七八年を経て、板元政五郎故ありて売買零落し刻、四谷の大火に彼家類焼して、この刻板も烏有になりぬ。政五郎もいく程もなく身まかりにきと人の噂に聞たるのみ。かくて文政中に至りて、大坂屋茂吉と云ゑせ書賈、恣にこの書を再板して作者に告げず、為永春水に課せて書名を『碗久松山物語』と改め三巻なりしを五巻に分ちて、綉像豊広画(1)は旧板によらず、新に英泉(2)に画せたれば旧板と同じからざる所多かり。且三巻を厘て五巻になしたれば、一の巻にあるべきさし画多く二の巻にありて本文と相応せず、皆是春水が茂吉にたのまれて、恣に配分したるにぞある。其再板本を読せ聞くに大かたは旧板に異なることなけれども誤衍脱文間是あり。且標題は『碗久松山物語』とありて、本文には毎巻『碗久松山柳巷話説』と録したり。意ふに旧名にては世の人碗久の事を書る物と知らざるもあらん歟とて、茂吉が春水に誂へて、この殺風景をなしたるなるべし。彼碗久は破産の嫖客なり、松山は遊女也、仮令その奇遇を作り設たりとも、その名を書名にあらはすべからず。この故に世に伝ふる碗久が姿をほのめかして書名に『括頭巾縮緬紙衣』と命じしは風流余韻のこゝろ也。茂吉・春水等この義を知らず、恣に悪書名に改めて吾本意に違へるは実に嘆息の外なし。茂吉は吾知る者ならねども、春水は相識なるに、よしや茂吉にたのまれたりとも、この義を吾に告げざりしは、人を人とも思はざる烏滸技(ワザ)したれば、吾其不義を咎て弥絶交して敢怨を隠すことなし。この後天保のはじめに茂吉身まかりて家眷離散しける頃、かの再板を大坂の書肆河内屋茂兵衛が購求めて、今に至るまで年々に摺出すと聞えたり。こゝをもて再板本の編、左に天保四年癸巳春正月発行大坂河内屋茂兵衛板と録したるは、その板を購求たる歳月なれども、旧板発兌の歳月を削去りたれば、看官惑はさるゝもあるべし。書賈の利に黠なる者、吾名号を売ながら其恣なること只この一書のみならず、告ずして再板の聞えある者、是に似たり。吾在世の時だにも侮らるゝこと右の如し、なからん後はさぞあらん。是も無益の弁ながら、独洪嘆に勝(たへ)ざれば自評の上にしるしつけてみづから浮名の警となすのみ。

○この書の発端は、伊勢国安濃郡椋本なる商人服部輔介が本性鄙吝にてなりいでし事、その妻忘井は同村なる市平といふ者の妹にて少かりし時、兄の為に身を売て遊女になりし事、其後十年の苦界を勤果て輔介が妻になりし事、輔介子なきの故に白子の観音に祈りて女児常花誕生の事、輔介吝嗇にて宿願成就せば白子の堂舎を修復せんとて観音に祈しを等閑にして賽をせざること、忘井貞実にて良人を諫れども听れざりし事、常花が三歳の頃父輔介病死の事、市平女弟の為に入夫を求る事、澄七と云者媒して悪人団平彼家の入夫となりて終に破産に至ること、その頃市平死去の事、常花が八つになりし年団平忘井を欺きて常花を売せて身價金十二両を掠め取ること、摂津国有馬なる藤松といふ者常花を買とりて有馬へ将てかへること、団平同類の悪人澄七・苔六を殺して彼身の價を分ち与へず皆その金を奪ふて逐電の事、忘井前夫の宿願を果さんとて諸国修行に出ること、これまでは評すべき事もなし。但作者の用心彼鄙吝にして神仏を欺き余殃を子孫に貽す者のいましめとす、団平等の積悪はいふにしも足らず、神人ともに憎む所問ずして結果を知るべし。皆是後に至りて蕪婆々の因果物語あるべき襯染也。是より下六七年の間話なし、さらに転じて有馬なる藤松が浴室の事を説起したり。

○北畠権中納言具教の老臣大宮忍斎の家臣宛石宗達その子又之助を将て有馬へ湯治の事、又之助の乳母子田井八太郎の事、八太郎の母は又之助十二歳八太郎十六歳なりし年船江久平と云者と密通して逐電の事、此一条は後に碗久が松山に迷ひて破産の襯染也。看官こゝにては心付ぬも多かるべし。

○有馬の温泉の由来二十坊の浴室妬湯（ウハナリユ）の事、妬の怨霊今に至るまで藤松が家にて稍地に夫婦の約束をなす男女あれば必祟をなすといふ事、忘井が女児常花藤松が家の小湯女になりて宗達親子を慰ること、宗達小湯女を愛するあまり戯に成長の後又之助の新婦にせんとて約束の事、小湯女は是を実事として後証を乞ふにより宗達猶戯にかねて書たる古歌の短冊二枚を小湯女の常花に取らすること、この一条は後に至りて碗久・松山が奇遇の襯染也。

○宗達妬湯を見ること、蛇の事、つばくらめの雛母鳥と共に死する事。○是より後年を経て又之助が成長に及びて、宗達その子の為に新婦を求る時、昔戯言して彼小湯女を欺きしを後悔し、人を有馬へつかはして彼小湯女の安否を問するに、件の小湯女は昔年妬が祟あるにより藤松怕れてくだんの小湯女を越の三国へ売かへたれば、今は有馬にあらずといふ事、宗達弥後悔して彼貞実を憐みて伴をも倶せず只独二たび有馬へ赴かまくする事、同藩の武士鳥屋尾七郎二、強て宗達と共に有馬に到て（蛇と燕の事は、この段にあり）小湯女の在処を問ふに彼身今は三国に在らず、その後の往方は知れずといへば、宗達望みを失ひて、又七郎二と共侶に伊勢へかへりゆく程に、七郎二は急病にて旅店に留り宗達は疾（トク）立かへりて鳥屋尾の宅眷に告んとて独道をいそぐ事、七郎二が怨魂主君忍斎に訴て彼身は宗達に殺されしといふこと、七郎二の妻も同じ夢を見て愁訴の事、忍斎討手をつかはして途に宗達を誅する事、田井八太郎緝捕の衆兵と防戦して宛石又之助を落す事、八太郎も水門に跳り入て免れ去る事、其後七郎二かへり来て実事を告るにより人皆宗達が横死は彼妬婦が祟なるを知ること、大宮忍斎後悔して又之助を追するに終に其往方知れざる事、この一編は旧説に碗久は元来伊勢人也といふにより、宛石又之助が伊勢の故郷を去りてみやこに漂泊して料らず商人になる襯染也。但し妬婦が旧怨霊宗達に祟ること、かくの如きは甚敷に過たりと思ふ看官もあるべし。なれども人の怨霊物に触れて冤家六七代の後まで祟ある事、和漢今昔その例なきにあらねば理をもて是を論ずべからず、この書分ちて三編とす。第一編は、服部輔介・忘井母女の事を演たり。第二編は、宛石宗達父子の事を詳にす。第三編は、碗久・松山が奇遇蕪婆々の因果物語に終れり。共に三編にして三巻なり。然るを再板の者五巻に分ちしは、作者の本意に違へり、看官是を思ふべし。

○宛石又之助伊勢の阿坂にて討手を免れ、伊賀路に隠れ居て、路用尽たれば、浪華に漂泊して料らず乳母野崎にめぐりあひし事、野崎が後夫船江久平は阿坂を亡命の後、浪華に到りて数年の後、竟になり出て碗屋久右衛門と改名し碗家具を売るを生活にしてありける程に、久右衛門は是年身まかりて継ぐべき子なければ、野崎は後家持にて直六と云主管店舗を支配してありし事、この直六は忘井が後夫服部団平なる事、野崎は旧恩を報ん為に又之助を碗屋の主人にして久右衛門と改名の事、団平の直六望を失ふ故に碗久を辱んとて云々に料ること、野ざき碗久が為に稍地に松山に逢ふて頼む事、この一条は今も彼地にて人の口碑に伝ふる碗久が母の事を翻案したる也。

○浪華なる妓院の主人蕪婆々の事、この蕪婆々の事は『茨城屋幸斎伝』[3]にも見え、[4]その他浪花なる妓院の事を書る物に載たるを、世の人是を知りたるもあれば、本伝の作者胡意撮合したる也。蕪が家の遊女松山は忘井が女児小湯女の常花にて曩に三国へ売かへられ、又京の彼院に転売せられ、又浪華へ来て今は蕪が家に在り、爾れども松山は又之助と結髪（ユヒナヅケ）の節義を守りて、はじめより一たびも彼身を客に任せず、只座敷ばかりを勤ると云事、是等の事浄瑠理本には間あれども、遊女たる者節義を守りて身を客に任せずとて許さるべき事にあらず、倘（モシ）その身を穢されじとならば、妓院に到らざる以前に自殺するより外あるべからず、是等は無理なる趣向なれども、その書ざま拙からねば、看官是を怪まず、素是作物語なればなり。さるを理評もてその非を咎る時は仮をもて真となすのみ、但し趣向無理なる故に妙筆とはいひがたし。是も昨非の一にぞありける。

○里の若人等、直六にそゝのかされて、碗久を将て行て松山を買せて恥かゝせんとて誘ふこと、松山碗久をよくもてなす故に若人等反て恥て逃去事、松山碗久を宛石又之助也と見しりて、臥房に伴ふて年来の苦節を告ること、証据の短冊の事、碗久奇遇を感じて松山と膠膝の思ひをなすこと、是までは碗久の事、旧説と虚実相半す。作者の用心自然の如くにて妙也。

○碗久松山に惑溺して竟に破産に至る事、碗屋の小廝等私欲を恣にして離散の事、団平の直六金銭を掠め取りて反て罪を碗久に負すること、野崎碗久を諫ること、且松山に身うけの客ありと聞たりとてそを偃せんとて、金百両を碗久に渡す事、其宵碗久妓院に赴く事、直六くだんの趣を立聞して金を奪ひ取らんとて碗久が跡をつけて行くこと、長堀橋にて碗久盗難に逢ふこと、頭巾深くしたる武士碗久を救ふて奪れたる財布を取かへして碗久に投与ふる事、碗久走去りて後、件の武士は直六を緊しく綁りて準備の駕籠にうち乗て何処ともなく舁し行こと、この段は雑劇に似たれども、当時の看官か丶る事を歓ぶ最中なれば、本編の作者をさ〳〵時好に従ひしなるべし。但し又之助の碗久は武士の子にてはじめは彼身も武士なりしに、伊勢の阿坂にて討手の衆兵推よせし折、若党田井八太郎のみ防戦して彼身は早く逃去りぬ。今又長堀にて直六に打なやされて懐なる財布を奪れしは、武士の子に似げもなき、雑劇にてすなる浪子艶冶郎に似たり。しかれども武士の子にも本性軟弱なるあり、臆病なるもあれば、又之助の碗久が本性かくの如くならざれば、後に至りて散髪の狂沙門になるに宜しからず。亦是作者の用心を知るべし。

○当晩碗久蕪の妓楼に至る時、松山は身うけの客の辺りに在りと聞えて、女の童碗久を小座舗にしのび在らする事、松山はその客臥房に入るに及びて稍地に小座舗に来て憂苦を碗久に告ること、松山既に碗久が胤を孕みて八月に及ぶと云事、身うけの客しのび出て次の間に来ぬる裡に頭巾深くしたる一個の老女庭口よりしのび入りて彼客と共に立聞すること、身うけの客松山が置土産の準備也とて舁せ来ぬる長櫃こ丶なる庭に在ること、碗久養母の恩義を松山に告げて彼財布を見するに真の金にあらざれば、共に疑訝りて事のならざるを歎くのあまり腰なる短刀を引抜て死んとするを、松山急に推禁めて共に死なまく欲する事、折から蕪婆々が来にければ、碗久刃を鞘にをさむるに暇なくかたへに建たる屏風の骨のあはひに挿(サシ)入れて早く刃を隠す事、この屏風ははじめ碗久が来ぬる時、女の童が人に知らせじとて屏風を建めぐらして出て行とある是也、そはこゝに至りて刃を隠す料になるべき伏線なり。

○蕪婆々は松山が身うけの客の辺りにあらで、碗久としのびあひしを罵りて頭髻を抓(ツカ)んで打擲し怒に乗じて突仆せば、松山はかたへなる屏風と共に仆れかゝりてうちに隠せし短刀にて脇腹を劈きたる今般(イマハ)に告るその身の素生故郷のこと、親の事、母のかたみの守りぶくろの事云云と、聞くに驚く蕪婆々は素是常花の松山が母忘井にて観音堂を修復の為道ならぬ世渡りして貪り集めし黄金さへかひなき懺悔に堪かねて、彼短刀にて自殺のをり、隣座舗に立聞したる老女は則野崎にて是も刃に伏ながら膩び出つゝ云々と身のあやまちを後悔す。蓋野崎は松山が碗久に前約あることを知らず、又懐胎の事を知らず、不思議にめぐりあひにける己が子八太郎と稍地に謀りて身うけの客に打扮(イデタヽ)せて妹伕の中を裂まくしたるあやまちをいひときがたさにさてぞ自害し侍ると云、是時田井八太郎も出て来つ事の錯誤をうち侘て、宵に長堀にて彼盗児を生拘りたる由を碗久に告知らせ庭に置せし長櫃より引出し推居る是則団平の直六也。八太郎その罪を責て首(カウベ)をうち落さんとする程に、蕪婆々是を禁め、松山も亦養父の義をもて命乞をするにより、碗久は其貞と孝を感じて命を許せと云、八太郎其意に任せて直六を解放ち、且宗達に罪なき事既に分明なりけること、大宮忍斎又之助を召かへせとて往方を尋られし事、八太郎是を碗久に告知らして伊勢の阿坂へかへり給へとて薦れども、碗久敢て従はず、今より沙門にならんとて手づから頭髻を剪捨ること、忘井の蕪婆々は禍媒の財を悔恨みて腰にまとひしあまたの円金（小判なり）を席上に擲(ナゲウ)てばその金相連りて蛇と見えてうごめくこと、松山・蕪・野崎も共に深手にて死すること、家内の奴婢は熟睡(ウマヰ)して是を知る者なかりし事、只その崖略をしるしつけたれば漏ししことも前後したることもあらん。詳には本文を照して知るべし。

○自評に云、この段は親子情男女湊合の大場にて、悲泣哀傷の趣を尽したり。然れども今よく思へば、理義に称ざる所多くあり、何とならば忘井は本性貞実にて後夫団平が不義の悪行を深く怨ることなし。只前夫輔助が遺骸を果さんとて浪華に至りてなり出しより、その気質始に似ず堂舎建立の為也とも貪婪耶慳を宗として人を憐むこゝろなく松山を打懲しなどせしは、その気質融らずして別人の如し。是等ははじめより、看官に蕪は忘井なりと知らせじとての為なるべけれど、かゝらでも作りざまは尚あるべし。且其女児常花の松山が有馬へ売遣れしは八歳の時なれば、仮令十余年を経たりとも些も稚顔を覚ずして、いたづらに久く同居しけるは怪むべし。又常花は孝女にて本性怜利也。母の顔を見忘れたりとも忘井が伊勢の椋本にあらずなりし事を早く知りたれば、人には親の恥也とて、その身の素生稚名さへかくして年を経ぬるとも、別れし母と同居しながら些もこゝろつかざりしは怜利の孝女に似げもなく、本性前後に厚薄あり。是等は自然にあらずして、作者の自由に出たきは妙筆とするに足らず。

○上にいふごとく、忘井は兄と良人に誠あり、老て貪る心甚しきは白子の観音堂を建立せまく欲する惑ひのみ。彼身に受べき悪報あるにあらず、然るを孝女を殺し、その身も自殺しぬるはいかにぞや。又松山は孝にして且節女也、宜く碗久の妻になりて後栄なくばあるべからず。然るを横死して毫も善報なきは、当時作者の思ひ足らず只伝奇なる碗久物ぐるひに摸擬せし故に、善悪応報の正しからず、故に勧懲に障りあるを忘れたりけん、四十年の非を知れば後悔こゝに立よしもなし。嗚呼談何ぞ容易ならん、吾謬せり〳〵。

○蕪・松山が横死、碗久が薄命は、有馬なる妬婦の祟也といへるは、作者の自由に出たり。妖は徳に勝たず、さるを孝貞節義より物の祟を重しとする時は、仁義を蔑如するに似て亦是勧懲に害なり、雑劇浄瑠理本などにはかゝること多くあれども、勧懲を旨とせる吾旧作には今さら後悔の外なし。

○野崎は伊勢の阿坂にて又之助の乳母たりし時、若党船江久平と密通し主を棄子を棄て久平と共に走りしは、其罪実に軽からず。しかれども又之助の碗久が落泊を救ふのみならず、旧恩を報ぜんとて家産をゆづりていよ〳〵忠あり、その後碗久遊里にかよひて竟に破産に及べども、野崎は怨言あることなく稍地に八太郎と談合して事云云に計りしは、松山を知らざるあやまちにて欲する所皆忠なり。よしやその善報あらずとも自殺すべき罪科なし。然るを右の三女人共に横死したりしは、皆作者の自由に出て、当時看官の好む所に従ひしなるべし。

○田井八太郎は勇にして且忠あり、天満にて母野崎にめぐりあひし時、又之助の碗久の事を聞知りながら早く碗屋に行て碗久に伊勢の首尾を告ぐべきことなるに、さはなくて野崎と密談して松山を引放さんとて家くらを質に入れさせ仮身（ニセ）うけの客になりしは、雑劇浄瑠理本にある脚色に似て、是も作者の自由に出たる拙作にぞありける。かくいへば、事皆仮をもて真となす理評也とて取らざる君子もあるか知らねど、艶曲にて人に知られたる碗久・松山の事を作設たりとも、その艶曲に異にして理義勧懲正しからざれば、何をもて婦幼を醒さん、当時思ひの足らざりける、かへす〴〵も後悔の外なし。

○又之助の碗久は父宗達が罪なき事分明なるにより、主君忍斎後悔して又之助を呼かへさまく欲すると聞知りながら、速に帰参して忠孝を全ふせず。世を厭ふて沙門になりしは、当時作者の心碗久物狂の浮説に合んとて自由に筆を枉（マゲ）たる也。是等も都て理義にかなはず。

○団平の直六は積悪の癖者にて義理ある常花を計りて売せ、さらに同類の悪人澄七・苔六を殺したる罪人にて碗屋の手代になりても女あるじと侮りて私欲を恣し、剰主の碗久が懐なる財布を奪取らんとて手ごめにしたる事まではる丶上は、刑戮せらるべき者なるに、蕪・松山が命乞をするにより、八太郎是を許して追放ちしは、作者この直六を後に用ふべきことあれば、自由の筆に任せたるのみ、勧懲の為に宜しからず。然れども世の看官はかくまでに理義を推て見る者なく只一日の雑劇に換て睡魔を破るまでなれば、この書発板の頃、いたく行はれて再板の後今も年々に揚り出すと云なるに、その罪を挙て自評しぬるは、金弧玉弦なるものから心ある人に見せんとて、代筆の疲労を斁(イト)はず、山鶏の尾にあらねどもなが〳〵しき老のくり言にぞありける。

◉この余作者の脱筆あり。蕪は大楼の妓院にあらずとも、松山の外に二三個の遊女あるべく、当晩とまり合せたる嫖客もあるべし。是等は無用の者にして、反て邪魔になる故に省きて噂だにもあることなけれど、当時は看官是を咎めず、拙筆に精粗あること既に前にいへるが如し、巧拙も亦随て知るべし。

○第十回は、里長・蕪・松山等が事を云々と聞て祟を怕れて後の事を田井八太郎に任ずる事、八太郎則蕪が家の遊女女童等をその親里へかへすこと、こゝに至りてこの者等のことはじめて見えたり。嚮に蕪・松山が横死の夜さり是等はいかにしつるや、省略に過たり。

○碗久物狂の事、伊勢の空我上人碗久を空屋寺に留むる事、鉢たゝきの事、団平の直六松山が墓を発きて金也として松山が疵口より生れたる男児をとり出す事、雌雄の燕その赤子に餌を運ぶ事、直六祟を怕れてその松山が子を養ふこと幷に直六癩病にて乞丐になること、その明年田井八太郎蕪の遺財をもて施行せんとて四条河原に仮屋を造ること、空我上人怨霊済度の事、団平の直六座行車(キザリ)に乗、稚児を抱きて施行の場(ニハ)に来ぬる事幷に積悪懺悔の事、碗久則松山が死後の奇特を感じ其子を己が子也としりて養ひ取て宛石有無之助と名づくること、団平の直六空我の法験によりて生ながら白骨となる結果の事、碗久狂病平癒の事、有馬の藤松こゝへ来て夢物語の事、蛇は妬婦の冤鬼、雌雄の燕は藤松の先祖松二郎・其妾藤の後身にて三霊解脱成仏の事、藤松旧縁を感じて白子の観音堂建立の事、鳥屋尾七郎二君命を碗久に伝ふること、碗久親子・田井八太郎等空我上人に倶して伊勢の故郷へかへること幷に碗久出家の事、大宮忍斎碗石有無之助に祖父宗達の旧領を返し与ふる事、白子の観音堂落成の事、田井八太郎始終精忠のことに至りて結局大団円たり、是その大略也。

○自評に云、団平の直六は刑死を免れて反て癩乞児になるのみならず、常花の松山が疵口より生れたる有無之助を年二歳になるまで艱苦の内に養ひしは、その天罰首を刎るより勝れるに似たれども、今思へばこの事も亦妙ならず、何とならば松山は節女也、又之助の碗久は武弁の子也、其子有無之助は祖父宗達の跡を継て家を興す者なるに、彼身生れ出しより、積悪なる癩乞児の団平に養れしは大きなる恥也、有無之助成長の後、この事を知らば必夫を怨むべし。当時作者の用心、因果応報の理をのみ旨として、くだんの親子に恥ある事を思はざりけん、今さら後悔の外なし。

◐宗達が有馬にてうち殺したる蛇は、妬婦の冤鬼也とは、始より看官も知るべし。其蛇に年々卵を呑れ雛を失れし雌雄の燕は松二郎と藤が後身なるを最後に解諦(アカ)せしは尤宜し。是にて蛇燕にも結局あり、毫もあそびなき筆とやいはまし。

○白子の観音堂修復の事、忘井の燕・常花の松山が在世の内ならばその甲斐あるべし。藤松代りて其宿願を果しぬるは事を好むに似て燕・松山霊あらば必恥思ふべし。かくては燕・松山は櫝を留めて珠を返す心地やせん、松山の横死の不可なる事は前にいへるが如し、この余、碗久・野崎等が事は前評に見えたり。

○再板の四の巻に、為永春水が烏滸なる画賛を加入したり、吾是を知らず、こたび読せ聞て絶倒しけり。他が人を人とも思はざる烏滸技は只是のみにあらねども、実に憎むべき烏滸人也。

○前評に、この書初板の歳月を削去りたれば、人是を知る者稀なるべしといひしは、代読の者見遺して、吾に告ざりし誤也。その後尚又読せ聞くに、五の巻十七丁のうらに、文化五戊辰年板元文政十四辛卯年再板東都書林大阪屋茂吉とあり。是にて初板再板の歳月は知られたり、按るに文政に十四年なし、十三年庚寅冬十二月十六日改元天保になりぬ。憶ふにこの再板は文政十三年十二月以前に早く刊刻果たるをもて、明年正月より二たび発板せんとて十四年云々と録したるなるべし。十七丁より下は河内屋茂兵衛が蔵板の書目録四五丁あり、本文の紙多からねば引札をもて数を増たり、その標紙裏の半丁に天保四年癸巳春正月発行江戸云々・丁子屋平兵衛・大阪云々・河内屋茂兵衛板とあり。是等も旧板と歟、購板と歟あるべきに発行と録したれば紛はしく、当年の新板の如く思ふ人もあるべし、丁平・河茂は吾相識なるに茂吉が書名を改めて再板の事はさらなり、其板を河茂が購求めて年々に搨出す事すら、今もまでも吾に告ざりき。坊賈の利に厚くして義に薄かるは、今にはじめぬ事ながら独嘆息も堪ずかし。

【注】

（1）豊広

歌川豊広は、安永二年（一七七三）生、文政十二年（一八二九）没。豊春門下で豊国に次ぐ実力者であった。文化三年（一八〇六）から文政十年頃まで、馬琴の読本の挿絵を多く担当する。

（2）英泉

溪斎英泉は、寛政二年（一七九〇）生、嘉永元年（一八四八）没。菊川英山門下。『八犬伝』の挿絵も請け負っている。

（3）『茨城屋幸斎伝』

享保三年（一七一八）大坂新町の遊女屋茨城屋幸斎が豪奢な生活を咎められ処罰された事件の実録の類か。この事件を元に同年十月大坂竹本座で近松門左衛門作『傾城酒呑童子』を上演する。豊竹座でも享保五年に紀海音作『山桝太夫葭原雀』として、茨城屋一件を取り込む。大橋正叔「茨木屋幸斎一件と海音・近松――『山桝太夫葭原雀』と『傾城酒呑童子』の上演をめぐって」（『近世文芸』27・28合併号　一九七七年五月）参照。

（4）その他浪花なる妓院の事を書る物

東洋文庫蔵『曲亭蔵書目録』に「傾城竈照君　三冊」「みをつくし　一冊」とある。

# あとがき

本書は、平成二一・二二・二三・二四年度の科学研究費補助金「江戸時代伊勢商人の文芸活動の研究――石水博物館（三重県津市）所蔵文献資料を手がかりに（基盤研究Ｂ（１））」の成果の一部です。

翻刻とともに、影印を収めました。原本に施された校訂の跡を示せるメリットと、影印を付したことで読みやすい翻刻が提供できるメリットを考慮しての判断ですが、初めて原本を眼にした瞬間の驚きと喜びを共有していただきたいという気持ちからでもあります。

本書発行にあたり、多くの方々から御指導、御協力をいただきました。お力添えがなければ、この時点での刊行は望むべくもなくありませんでした。

最後になりますが、『著作堂旧作略自評摘要』の資料的価値をすぐにご理解いただき、刊行について御高配を賜った石水博物館の皆さまには、深く感謝の意を表したいと思います。突然、どうしても出版したい、しかもできるかぎり早く、と申し上げ、当惑されたことと存じます。それにもかかわらず、丁寧で的確な対応をしていただきました。本当にありがとうございました。

（文責　神谷勝広）

## サ行



## タ行



## ナ行



## ハ行



## マ行



## ラ行



## ワ行

### ヤ行



### ラ行



### ワ行



# 書名索引

・本文中に出る略称も見出しとして掲出し、本見出し項目を→で示した。
・馬琴作品以外の作品の略称は本文そのままを見出しとした。

### ア行



### カ行

## ナ行



## ハ行



## マ行

## サ行



## タ行

## カ行

# 『著作堂旧作略自評摘要』索引



### 凡　　例

・本索引は、『著作堂旧作略自評摘要』翻刻部分の人名及び書名の索引である。
・人名、書名ともに本文部分のみから採録した。
・排列は読みによる五十音順とした。

## 人 名 索 引

・本文中に名のみで出る人物が多いため名前の読みを見出し項目とし、姓名を（　）で示した。
・姓のみで名の特定ができないもの（例：県井）や、姓で示されることが多いもの（例：浅間）は、姓を見出しとした。
・姓名で一度だけ登場するもの（例：小野小町）は、姓名を見出しとした。
・書肆名は屋号で、役者名は姓名で立項した。

### ア行

**編者略歴**


神谷　勝広（かみや　かつひろ）

1961年生。同志社大学教授。博士（文学）。

『八文字屋本全集』全23巻（共編　汲古書院　1992.10～2000.10）

「秋成『諸道聴耳世間狙』とモデル」（『秋成文学の生成』森話社　2008.2）

早川　由美（はやかわ　ゆみ）

1959年生。奈良女子大学大学院博士課程後期在学中。

『西鶴が語る江戸のラブストーリー』（共編　ぺりかん社　2004.4）

「忠臣蔵興行史」（共編　『忠臣蔵』第二巻　赤穂市　2011.2）



馬琴の自作批評

――石水博物館蔵『著作堂旧作略自評摘要』――

平成二十五年三月三十一日　発行

原本所蔵　石水博物館

編　者　神谷勝広　早川由美

発行者　石坂叡志

撮　影　インフォマージュ

印刷所　中台整版　日本フィニッシュ　モリモト印刷

発行所　汲古書院

〒102-0072　東京都千代田区飯田橋二―五―四

電　話〇三（三二六五）九七六四

FAX〇三（三二二二）一八四五

ISBN978－4－7629－3612－8　C3095